괴들남의 **현실공포**

❷ 택시에서 사라진 손님

일러두기

이 책은 제보자의 실제 사연을 토대로 작성되었습니다. 제보자의 개인정보를 보호하기 위해 인명, 지명 등을 변경하였음을 알립니다.

괴들남의 현실공포

❷ 택시에서 사라진 손님

괴들남(김성덕) 지음

BOOKER

 **당신의 일상이 공포가 될 때**

들어가며

TV 프로그램 〈전설의 고향〉을 아는가? 〈토요 미스테리 극장〉이나 〈이야기 속으로〉는? 나는 어린 시절 이런 프로그램을 보고 자랐다. 그리고 어른이 된 지금은 유튜브 채널 〈괴들남 공포 이야기〉에서 무서운 이야기를 들려주고 있다. 괴들남은 '괴담 들려주는 남자'의 줄임말이다.

이 채널은 수많은 사람이 제보한 실제 경험담을 나누는 곳이다. 자연스럽게 다양한 괴담을 접하게 되었고 세상에는 상상할 수 없을 만큼 소름 끼치는 사연이 있다는 것을 매일 깨닫고 있다. 설명하기 힘든 현상, 사람이 무서운 이야기 등이 가득하지만 그중에서 가장 두려운 것은 일상생활에서 소름 돋는 일이 일어났을 때라고 생각한다.

《괴들남의 현실공포》는 가장 인기 있는 현실공포 사연을 모아서 엮었다. 또한 유튜브에서는 다룬 적 없는 미공개 에피소드도 수록했다. 이 책은 눈에 보이지 않는 존재로 인한 섬뜩하고 충격적인 이야기, 이해하고 나면 더욱 무서운 이야기, 보는 관점에 따라 안타깝고 애처롭게 느낄 수 있는 이야기가 담겨 있다. 사연자들이 직접 겪은 생생한 실화 경험담을 읽다 보면 진정한 공포를 느끼게 될 것이다.

2023년 4월
괴담 들려주는 남자, 김성덕

차례

택시에서 사라진
손님

지금부터 시작하는 이야기는 목포에서 택시를 운영하고 계시는 기사분들 사이에서 유명한 이야기예요. 택시 기사분들이 직접 겪었던 실화며 저 역시나 목포에서 택시를 하고 있어 알게 되었죠.

#1. 어떤 손님

예술의 도시이자 서남해의 중심 도시인 목포 주변에는 일로나 영암 같은 작은 도시들이 있는데요. 그 지역 주민 중 다수가 목포로 출퇴근하거나 등하교하곤 해요. 그래서 목포와 주변 도시를 오가는 택시가 많은 편이죠. 그중 특히 일로라는 곳에서 목포와 연결된 길목에는 큰 공동묘지가 있는데 거기서 귀신 손님이 자주 타는 걸로 택시기사들 사이에서 유명합니다.

제가 택시 운영 중에 겪었던 일도 바로 이 구간에서 탄 손님들이었어요. 저 말고도 다른 기사님 몇몇 분이 똑같은 경험을 했다고 하시더라고요. 며칠 전 저는 일로에서 손님을 내려드리고 목포로 다시 돌아가는 길이었어요. 어떤 여자분이 손을 흔들며 잡길래 차를 세워 태웠죠. 그때는 대낮이었고 그냥 특별할 거 없는 아가씨 손님이었거든요. 뒷좌석에 자리잡은 아가씨 손님은 목포 번화가로 가달라고 했고 저는 아무 의심 없이 운전하였습니다.

가는 도중에 택시를 잡으려는 양복 입은 신사분이 있었는데, 잠시 세워보니 "급한 일이 있어 그러는데 방향이 비슷하면 합승해도 되겠습니까?"라고 하더군요. 아가씨한테 양해를 구하고는 신사분한테 목적지를 물었고 얼추 비슷하길래 조수석에 신사분을 태웠습니다. 가는 거리가 좀 되다 보니 세 명이서 두런두런 이야기를 나누었는데요. 내용은 기억나지 않지만 엄청 재미있었던 걸로 기억해요. 셋 다 이야기 코드가 맞고 개그 코드도 맞아 깔깔거리면서 지루하지 않게 갔죠.

그렇게 이야기하면서 오니 어느덧 아가씨 목적지에 도착했어요. 아쉬운 마음을 뒤로하고 "다 왔습니다"라고 말하려는 순간 뒷좌석이 비어 있다는 사실을 알게 되었죠. 아가씨 그새 내렸냐고 양복 신사분한테 물으니 양복 신사분이 달리는 차에서 어떻게 내리냐고 하더군요. 둘 다 어안이 벙벙하고 당혹감을 감출 수가 없었어요. 수십 분을 세 명이서 그렇게 떠들며 왔는데, 한 명이 귀신 손님이었던거죠.

이게 무슨 일인가 잠시 멘탈이 나가 있던 저에게 양복 신사분이 블랙박스 볼 수 있냐고 해서 얼른 확인해보았습니다. 바로 확인할 수 있는 기종의 블랙박스를 설치해두었던 저는 신사분과 '에이, 설마' 하는 마음으로 같이 보았는데요. 처음에는 저 혼자 뒷좌석을 보고 이야기하는 장면이, 나중에는 양복 신사분과 둘이서 이야기하는 장면이 찍혀 있더라고요. 둘 다 완전 얼이 빠져가지고 아무말도 못 했죠. 분명히 세 명이서 이야기를 주고받으면서 왔는데…….

일단 양복 신사분을 도착지에 내려드리고 이런 경험을 처음 겪었던 저는 찝찝한 마음에 그날 영업을 접었어요. 저 말고도 기사님들 사이에서 '승객을 태웠는데 목적지에 와서 보니 아무도 없었다'는 이야기가 떠돌더군요. 주목할 점은 밤이나 새벽녘이 아니었다는 건데요. 대낮에 태우기도 하고, 출근길에 태우기도 했어요. 그리고 흰옷이 아니고 그냥 평상복을 입었고 파마한 손

님, 생머리 손님, 스포츠머리 손님처럼 스타일도 일반
적이라 귀신이라고 의심조차 못했다고 해요. 저 역시나
말이죠.

#2. 출장

　이번 이야기는 다른 기사님이 겪으신 사연입니다.
그 기사님은 오거리파 산하 조직원 출신으로 이제 결혼
도 하고 당당하게 살아보려고 택시기사 일을 시작하셨다
고 해요. 껄렁거리는 조폭 느낌이 아니고, 체육선생님 같
이 보이는, 굉장히 예의 바른 분이셨어요. 어린 손님에게
도 꼬박꼬박 존대하시고 운전도 신사답게 하시고요.
　어느 주말 늦은 밤, 이 기사님이 목포 번화가에서
여자 손님을 한 명 태우셨다고 해요. 옷도 화려하고 화
장도 진한 편이라 "신나게 잘 놀고 집에 들어가시나 봅
니다"라고 넌지시 말을 건네셨다고 합니다. 여자 손님은
자기 집이 많이 외졌다면서 네비게이션 말고 직접 방향

을 알려주겠다고 했고요. 알겠다고 하고 일로 쪽으로 향했다고 하는데요. 원래 일로 지역은 대부분이 농지라 가로등이 없어 깜깜한데 여자 손님이 알려주는 방향은 특히 외져서 그런지 더 어두컴컴했다고 해요. 그렇게 도착한 곳이 산 아래였는데 주변에 마을 하나 없었답니다. 여자 손님이 오늘따라 더 어두운 거 같다면서, 무서워서 그러는데 돌아가시는 비용까지 드릴 테니 산 중턱 집까지 데려다 주시면 안 되냐고 말했다고 해요. 산 입구부터는 차가 들어갈 수 없는 길이었기에 함께 걸어야 하는 상황이었지만, 기사님도 내심 어두운 산길로 여자 혼자 보내는 게 마음에 걸렸고 비용도 '따블'로 쳐준다니 알겠다며 냉큼 따라갔다고 합니다.

　괜한 의심을 받기도 싫고 나란히 걸으면서 말 섞기도 좀 피곤했던 상태라 서너 걸음 떨어져서 뒤따라 걸어갔다고 해요. 여자 손님은 잘 따라오는지 확인하는 듯 가끔 흘깃 쳐다보면서 말없이 앞으로 걸어갔다고 합니다. 한참을 걸어가는데, 피곤해서 그런지 몸이 물먹은 겨울 이불처럼 전체적으로 무겁고 뻐근하다가 나중에는 숨쉬기도 힘들어졌다고 해요. 그래서 여자 손님 따라가기가 버거워졌고 담배나 한 대 피우면 숨이 좀 틔겠다 싶어서 가슴 주머니에 있는 담배를 꺼내 입에 물고 라이터를 켰는데, 순식간에 눈앞 광경이 바뀌더랍니다. 앞서 걷고 있던 여자 손님과 산길 대신 시꺼먼 저수지 안으로 들어와 있더래요. 저수지 물이 가슴까지 찼고 '내가 귀신한테 홀렸구나!' 싶어서 어떻게 나왔는지 모를 정도로 허겁지겁 밖으로 빠져나왔답니다. 그렇게 차로 급히 돌아가서 생각해보니 걷기 힘들고 숨쉬기 힘들었던 게 물속으로 들어가서 그랬나보다 싶더래요. 자기는 분명 오르막길만 쭉 따라 걸었는데, 어떻게 저수지를 빙 둘러싼 담장을 넘어서 그 안까지 걸어 들어갔는지…… 귀신한테 홀렸다는 말밖에 설명할 수가 없다면서 자기가 조폭 생활을 했다 보니 이꼴저꼴 많이 봐 세상에 무서운 건 없다고 생각했는데 이때는 정말 오금이 저렸다고 해요. 그 뒤로는 일로 가는 손님은 안 태우신다고 합니다.

#3. 동반 탑승

이번 사연의 기사님은 사후세계가 있다고 믿게 된 계기라고 하면서 이야기해주셨어요. 일로에서 손님 두 명을 태웠다고 해요. 양복 입은 중년 남자 손님 한 명이 랑 나이 드신 할머니 한 분이었어요. 목포 어디로 가자 고 목적지를 말한 남자 손님은 탈 때부터 표정이 안 좋 았다고 해요. 택시에 탄 이후에도 목적지 말고는 아무 말 없이 그저 창밖만 보고 있더랍니다. 옆에 앉아 계신 할머니만 가끔 남자 손님 손을 쓰다듬으며 남자 손님을 그렇게 애절하게 쳐다보았다고 해요. 기사님은 '어머님 이 아들한테 뭔 잘못을 하셨는가 보다' 하고 눈치껏 조 용히 운전만 하셨다고 하는데요.

그러다가 점점 아무 말 없이 나이 든 어머님을 무시 하고 있는 남자 손님이 괘씸해지더래요. 어머님이 얼마 나 큰 잘못을 했는지는 몰라도 키워준 은혜, 길러준 은 혜가 있는데 저렇게 입 다물고 무시하고 있는 게 못나

보인다고 생각이 드셨답니다. 목적지에 도착해서 요금을 계산하고 카드를 건네주면서 기사님이 참다못해 한마디 하셨는데, 어머님이 무슨 잘못을 하셨는지 몰라도 자식이 그러면 안된다고, 살면 얼마나 사시겠냐고, 살아 계실 때 잘하라고 그러셨대요. 남자 손님은 도리어 뭘 알고 하는 소리냐며 화를 엄청 내셨고요. 그래서 기사님은 어머님을 두둔하면서 '어머님이 저렇게 안절부절못하면서 아들 눈치만 보고 계시는데 그게 자식 된 도리냐'고 하셨죠. 그랬더니 남자 손님이 한참 말이 없다가 갑자기 막 울었다고 해요. 기사님이 당황해서 왜 그러냐고 하니까 남자 손님이 정말 어머니가 내 옆에 있냐고 울먹이면서 이야기했답니다. 기사님이 손님을 달래며 보니까 아까까지 보였던 할머니가 안 보였대요.

그래서 차 안에서 자기가 본 장면을 설명해주면서 괘씸한 마음에 한마디한 거라고 하니까 남자 손님이 "지금 어머니 화장 마치고 유골함 들고 집에 가는 길입니다"라며 사업은 망하고 이혼까지 당해서 나중에 잘되면

효도하겠다며 차일피일 방문도 미루다가 결국 얼굴도 못 뵙고 돌아가시게 했다고, 자기 사업 때문에 일가친척과 어머님 인연도 다 끊겼고, 자기가 자식도 없어서 늘그막에 손주도 못 안겨드렸다고 그러더래요. 그런 자기를 아들이랍시고 돌아가신 후에도 옆에서 걱정하고 계셨다는 소리에 억장이 무너진다고 했죠. 남자 손님이 들고 있던 보자기는 어머님 유골함이었고, 기사님이 본 할머니가 바로 그 유골함의 주인이었던 거죠. 기사님은 앞으로 잘 살라고, 그게 효도라고, 자기가 할 수 있는 위로를 하고는 자리를 떴다고 합니다. 그 남자 손님은 자리에 한참을 주저앉아 울고만 있었다고 해요.

유리 조각을
줍는 아이

저는 살면서 필름이 끊길 정도로 술을 마셔본 기억이 없습니다. 그러니 제가 겪은 이 일도 술에 취해 일어난 사건은 아닙니다. 분명 제 눈으로 봤던 기억이 나거든요.

때는 2011년 유난히도 추운 겨울이었습니다. 군 입대를 한 달 정도 남겨둔 상태에서 요로결석이 생겨도 이상할 만큼 술만 마시며 지냈어요. 저는 그 당시 한 달 정도 만난 여자친구가 있었는데 입대를 얼마 남기지 않고 사귀는 게 맞나 싶었지만 여자친구가 제게 고백했던지라 바로 알겠다고 했죠. 사실 저도 마음에 들었거든요.

여자친구는 오래된 복도식 아파트에 살고 있었습니다. 교통도 불편하고 걸어서 한참을 올라가야 하는 동네였죠. 그날은 여자친구와 술 한잔하고 나서 술도 깰 겸 걸어 올라갔습니다. 여자친구를 집까지 데려다주고 저 혼자 엘리베이터를 타고 내려왔죠. 아파트가 워낙 오래돼서 그런지 아파트 입구에 센서등도 들어오지 않았어요. 그때 느낌을 말하자면 뭔가 오싹하고 등골이 서늘했죠.

어둠을 뚫고 아파트 입구를 나오는데 제 눈앞에 유치원생 정도로 되어 보이는 어린아이가 쭈그려 앉아 무언가를 열심히 줍고 있었어요. 시계를 보았더니 이미 새벽이었고 이 시간에 어린 꼬마가 저기서 뭘 하는 건지 걱정되는 마음에 아이 쪽으로 걸어갔습니다. 가까이 가서 유심히 바라보니 열심히 줍고 있던 것은 깨진 유리병이었어요. 위험하게도 맨손으로 줍고 있더군요.

"형이 주워서 버릴게. 위험하니까 만지지 마."

아이는 쭈그려 앉은 채로 땅만 보면서 힘없이 말했어요.

"이거 우리 엄마 건데."

위험해 보여서 다시 한번 말했죠.

"형이 주울 테니까 들어가."

아이는 그 자리에서 일어나더니 아파트 건물로 뛰어가더군요. 유리 조각을 치우던 중 옆을 봤더니 장난감 하나가 보였어요. '아이고, 그 아이가 놔두고 갔구나' 하고서는 아이가 뛰어갔던 아파트 입구로 따라 들어갔습니다. 아이는 보이질 않았고 엘리베이터를 보니 1층에 멈춰 있더군요. 그래서 '그 애는 1층에 살겠구나' 싶어 장난감을 복도에 적당히 놓아두고 다시 밖으로 나왔죠.

담배나 한 대 피우려고 주머니에 손을 넣었는데 손이 이상하게 끈적거리는 겁니다.

"어? 이게 뭐지? 아까 유리 조각 치울 때 뭐가 묻은 건가?"

자세히 보니 끈적한 빨간 액체가 굳은 채 묻어 있더군요. 손을 씻으려고 두리번거리니 재활용품 쌓아둔 옆쪽에 조그만 수돗가가 있었어요. 곧장 그리로 가서 손을 씻고 별일 없이 발걸음을 돌려 제가 사는 집에 도착했습니다.

다음 날 친구들과 술 약속이 있어서 만나게 되었죠. 저는 술을 한잔하다가 어제 있었던 일을 이야기하게 되었어요. 친구 중 한 명이 그 아파트에 살고 있었거든요. 그런데 그 친구 표정이 굳어지더니 저에게 묻더군요.

"야, 너 손을 씻었어?"

그래서 당연히 "씻었으니 씻었다고 하지"라고 답했죠. 이상한 아이에 대해서 묻거나 빨간 액체에 대해 물어볼 줄 알았는데 뜬금없이 손을 씻었냐고 물어보니 어이가 없었어요. 그런데 친구는 저보고 거짓말하지 말라며 그 아파트 수돗가에는 수요일에만 물이 나온다고 하더군요. 여자친구를 데려다준 날은 토요일이었으니까 친구 입장에서는 이해가 안 간다는 겁니다. 이 일로 친구와 언쟁을 벌이게 되었고 술자리가 끝나고 나서 다 같이 택시를 타고 문제의 아파트로 향했습니다. 물이 나오는지 안 나오는지 직접 확인하기 위해서죠.

아파트에 도착하여 물을 틀어보니 정말로 나오지 않았고 경비실에 찾아가 여쭤보니 수요일에만 물이 나온다고 이야기하시더라고요. 혹시 몰라서 겨울이니까 수도 배관이 동파라도 된 거 아니냐며 물어봤지만 아파트 관리실에서 철저히 관리하고 있어서 그런 일은 절대 없다고 했어요. 저는 거짓말쟁이가 된 것 같아서 억울했습니다. 뭐라도 증거를 보여주고 싶었고, 다행히 전날 입었던 옷을 그날 다시 입었기에 옷에 묻은 빨간색 자국이라도 보여주었죠. 하지만 친구들은 제 말을 믿지 않았고, 그 일은 그렇게 마무리되었습니다.

시간이 지나 입대가 다가왔습니다. 입대 전 훈련소 운동장 벤치에 앉아 부모님 그리고 여자친구와 같이 이야기를 나누고 있었죠. 그때 갑자기 그날 일이 떠올라서 여자친구에게 말했습니다. 제가 마주쳤던 어린아이의 모습, 아이를 만난 상세한 위치까지 전부요. 그런데 여자친구는 무섭다며 농담하지 말라고 하더군요. 농담이 아니고, 진짜라고, 진지하게 털어놨습니다. 그랬더니 여자친구는 질색하며 말하더군요. 제가 아이를 봤던 그 자리, 그 위치에서 3개월 전 세 모자가 투신했다고요.

그 아파트에서 투신 사건이 있었던 건 저도 알고 있었지만 딱 그 위치에서 아이가 떨어져 사망했을 줄은 몰랐습니다. 당시 뉴스에도 나왔던 사건이었는데 우울증에 걸린 30대 엄마가 4살 아들과 2살 딸을 8층에서 던지고 본인도 떨어져 사망했던 사건이었어요. 순간 등골이 서늘해지고 소름이 돋더군요. 여자친구에게 어떻게 그 위치를 정확하게 알고 있냐고 물어보니 친구 만나고 집에 들어가다 사람들이 웅성거리며 모여있길래 가봤고 끔찍한 걸 봤다는 겁니다. 더 이상 말을 잊지 못하는 거 보니까 아마도 충격적인 무언가를 본 모양이겠죠. 저는 여자친구에게 미안하다고, 널 겁주려고 한 이야기는 아니라며 달래주고 나서 입대했습니다.

전역 후 저와 실랑이를 했던 친구에게 "넌 그 아파트 살면서 그런 일 있었는지도 모르냐"고 하니 전혀 몰랐다며 처음 듣는 이야기라고 하더라고요. 그 사건 직후 아파트 값이 떨어질까 봐 두려웠던 주민들이 최대한 알려지지 않게 수습했고, 이미 아는 주민들은 서둘러 이사를 갔을 거라고 추측하더군요. 시간이 꽤 흘렀지만 아직도 생생한 기억으로 남아 있네요. 제가 그때 본 그 아이는 귀신이 돼서 떠도는 건지도 모르겠습니다. 당시 느꼈던 빨간색 액체의 끈적함은 잊을 수가 없네요.

아버지의 지갑

저는 고등학생 딸아이를 두고 있는 주부입니다. 지금부터 남편에 관한 이야기를 해볼까 해요. 정확히 말하자면 전 남편입니다. 두 달 전, 충격적인 남편의 과거를 알고 나서 이혼했습니다.

때는 20년도 더 됐을 거예요. 저는 회사를 다니던 지극히 평범한 미혼 여자였죠. 아버지는 택시업을 하고 계셨고 저희 엄마는 시장에서 국숫집을 하고 있었습니다. 부유한 집안은 아니었고 그렇다고 해서 못 먹고 살 정도도 아닌 평범한 가정이었어요.

사건이 일어난 그 날은 회사에서 야근을 하고 있을 때였습니다. 졸리기도 하고 해서 커피를 한잔 마시고 사무실로 돌아왔는데 부재 중 전화가 10통이 넘게 들어와 있더라고요. 그것도 엄마한테서 말이죠. 무슨 일이 있다는 걸 직감하고 곧장 엄마에게 전화를 거니 연결이 안 되더군요. 아버지도 마찬가지였고요. 도저히 일이 손에 안 잡혀 일을 하다 말고 택시를 타고 곧장 집으로 갔습니다. 현관을 열고 집으로 들어갔는데 그 시간에 항상 계시는 엄마도 안 보이고 어질러진 집안을 보니 더더욱 불안했어요.

그때 엄마 전화가 왔고 하시는 말씀을 듣고서는 아무 대답도 못 했죠. 아버지가 교통사고로 돌아가셨다며 엄마가 울면서 이야기하시는 겁니다. 그렇게 제가 28살 되던 해 아버지는 사고로 세상을 떠나셨죠. 택시업을 하고 있어서 항상 위험의 순간이 있었지만 교통사고로 돌아가실 줄은 꿈에도 생각 못 했거든요.

너무 힘이 들었어요. 물론 엄마가 더 힘드셨겠죠. 1년이란 세월이 지났고 저에게는 조그만 변화가 생겼습니다. 상견례를 끝내고 결혼 날짜까지 잡은 남자친구가 생겼던 거죠. 남자친구는 아버지가 돌아가시고 힘든 시기에 저를 많이 위로해 주었고 옆에서 지켜줬어요.

처음 남자친구를 만나게 된 곳은 제가 자주 가던 카페였어요. 처음 보는 남자가 계속 연락처를 달라고 하더라고요. 마음에 든다면서 말이죠. 뭐 하는 사람인가 싶었지만 나쁜 사람 같지는 않아 보여 서로 연락을 주고받다 결국 결혼까지 약속하게 되었습니다. 그리고 신기하게도 남자친구 역시 택시업을 하고 있었어요. 아버지와 같은 직종이어서 더욱 끌렸던 건지도 모르겠습니다. 개인택시는 아니었지만 성실하고 책임감 있어서 밥은 굶기지 않는다며 항상 제게 말했어요.

그렇게 결혼하게 되었습니다. 화려하게 시작하진 못했지만 조그만 전셋집을 구해서 신혼집을 차렸죠. 시간이 흘러 아이가 생겼고 입덧이 심해 열 달 동안 고생하다 출산했습니다. 지금까지는 지극히 평범한 가정의 이야기입니다. 아이는 점차 크고, 남편은 개인택시를 마련하고, 점점 자리를 잡아가며 생활이 안정되는 듯했습니다. 그 사실을 알기 전까진 말이죠.

결혼 18년 차가 되던 2021년 10월 고등학생 딸아이는 학교에 가고 남편은 출근하고 저는 집에서 청소를 하고 있었어요. 버릴 건 버려야겠다 싶어서 안 입는 옷들을 보고 있는데 장롱 속 남편 속옷이 있는 위치에 뭔가 있었어요. 평소에 제가 빨래하고 개어놓으면 남편이 직접 정리를 해서 그 곳에 뭐가 있는지까지는 전혀 알지 못했답니다. 이게 뭘까 싶어서 손을 뻗어 물건을 꺼냈더니……. 정말 깜짝 놀랐습니다. 그 물건은 제가 결혼 전 직장 생활을 하며 첫 월급으로 아버지께 사드린 지갑이었습니다. 지갑 안에는 20대 때 찍은 제 사진도 들어있었어요.

'이걸 왜 남편이 들고 있지?'

너무 이상했습니다. 곧장 엄마에게 전화해서 물어 봤어요.

"엄마, 아버지 지갑을 이 서방이 들고 있는데 엄마 가 줬어?"

그랬더니 엄마는 아버지 유품을 왜 주냐고, 오히려 그게 왜 거기 있냐며 되물어보셨어요. 뭔가 수상했습니 다. 그날 밤 남편에게 비밀로 하고는 남편이 잘 때 몰래 휴대폰을 뒤졌습니다. 그랬더니 최근 문자 중에 이상한 문자가 하나 보이더라고요. 남편의 직장동료 같은데 이 렇게 적혀 있었죠.

'야, 그래도 넌 좋은 거지. 니가 원하던 사람하고 결 혼했으니까.'

밖으로 나가서 곧장 그 번호로 전화해서 물어봤습 니다. 다 알고 있으니까 솔직하게 말해달라고 거짓말했 어요. 제 생각대로 그분은 남편의 직장동료였고 처음에 는 모른다고만 하던 분이 결국 입을 열었어요. 정말 충 격적인 사실이었죠.

결혼 전 남편이 다녔던 택시회사가 아버지가 다닌 택시회사와 같은 곳이었다고 하더라고요. 아버지는 제가 사준 지갑에 제 사진을 넣고 다니시며 직장동료들에게 몇 번 보여주셨나 봐요. 남편도 그 사진을 봤던 거예요. 그 후로 아버지를 따라다니며 소개해달라고 집요하게 말했다더군요. 아버지는 결국 화를 내셨고 남편에게 쓴소리를 했다고 해요. 우리 딸은 나랑 같은 직업 가진 사람 만나지 않았으면 좋겠다고 말이에요.

그렇게 아버지와 남편 사이는 틀어졌고 사건은 그날 벌어졌다고 합니다. 그 당시 아버지는 회사택시 소속이라 교대 근무를 하셨어요. 그러니까 택시 한 대로 2명이 시간대별로 교대해서 운전하는 건데, 아버지가 운전하기 전 남편이 그 차를 몰았다고 해요. 아버지가 키를 넘겨받고 운전하시던 중 사고가 났는데 사고 원인은 자동차 이상이었고요. 어렸을 때는 아버지가 돌아가셨다는 충격에 사고 이유를 깊이 생각해보지 않았거든요. 순간 섬뜩한 기분이 들었습니다. 설마 남편이 아버지를 사고 나게 한 건 아닌지 물었지만 회사 동료분도 거기까진 모른다고 하더군요.

도저히 안 되겠다 싶어서 남편을 깨워 물어봤습니다. 아버지와 같은 택시회사를 다녀놓고 왜 모른척했냐고 말이죠. 그게 무슨 말이냐며 끝까지 우기던 남편에게 장롱 안에 있던 지갑을 보여주니 그제야 입을 열었습니다.

사실 저에게 관심이 있어서 아버지를 귀찮게 쫓아다녔답니다. 근데 아버지는 남편을 사람 취급을 안 했다고 하더군요. 남편이 화가 나서 교대 전 타이어에 펑크를 낸 채로 아버지께 차를 인수했다고 하더라고요. 그렇게 큰 사고가 날 줄은 몰랐다고요. 정말 실수라고 이야기하는데……. 제 눈앞에 악마가 있는 줄 알았습니다. 아버지가 돌아가시고 나서 남편은 저에게 의도적으로 접근하고 결혼까지 한 거였죠. 사고 당시 택시에 있던 아버지 지갑을 남편이 몰래 챙긴 것이고요.

당장 경찰에 가서 자수하라고 했지만 너무 오래전

일이고 증거도 없을뿐더러 자백만으로는 처벌이 힘들다고 하더군요. 곧장 짐을 싸서 딸아이를 데리고 친정으로 왔습니다. 이혼소송으로는 가지 않았어요. 순순히 협의이혼을 해주었으니까요. 딸아이 양육비와 함께 위자료로 살던 집을 받았어요. 그런데 돈이 중요한 게 아니잖아요. 아버지를 직접 죽음으로 몰아간 악마 같은 놈과 결혼 생활 18년 동안 살았던 시간이 너무 소름이 돋습니다. 평생 용서하지 못할 것 같습니다.

스키장에서 만난
여자들

　　유명한 영어학원을 다니던 중 길수라는 학원 동생
한테 들은 이야기입니다. 제가 평소에 무서운 이야기를
상당히 좋아하는지라 흥미 있게 들었는데 나중에 생각
해보니 상당히 섬뜩하더군요. 몇 년도인지는 잘 기억나
지 않지만 한파가 몰아치는 1월경이었다더군요. 길수는
스키 시즌이 되면 M리조트로 자주 간다고 했어요. 그날
도 길수는 평소 친하게 지내던 형들과 총 세 명이서 차

를 타고 리조트로 향했답니다.

막 숙소에 도착해서 짐을 풀고 형들과 야간 스키를 타기 위해 상의를 입으려던 찰나, 옆방에서 여자 웃음소리가 들리더랍니다. 그때 길수와 형들은 순간적으로 같은 생각을 했다고 해요. 옆방 여자들과 같이 스키를 타러 가자고 제안하자는 것이었죠. 잠깐 고민하다 한 명이 대표로 가서 이야기해보기로 합의를 봤답니다.

"길수야 막내가 다녀와야지. 잘하고 와!"

제일 나이가 어린 길수가 옆방에 가서 벨을 누르니 문이 열리면서 한 여자가 나오는데 상당한 미인이더랍니다. 한 가지 특이한 건 창백한 피부에 키가 무진장 컸다고 하더라고요. 길수가 177센티미터 정도였는데 자기가 올려봤을 정도로 커서 특이하다고 여겼답니다.

"저, 같이 스키 타러 가실래요?"

그 여자는 고개를 내려 길수 얼굴을 빤히 쳐다보았다고 해요. 그러고는 이상한 미소를 띠고 고개를 끄덕였다고 합니다. 그렇게 옆방 여자 4명이 더해져 모두 7명이 야간 스키를 타러 가기 위해 차에 올랐다죠. 길수 말로는 차를 타고 갈 수 있는 슬로프가 있대요. 다행히 형 차가 9인용 승합차였던지라 여유 있게 타고 갈 수 있었고요. 형 한 명이 운전하는 동안 다른 형과 길수는 여자들과 이야기를 하면서 목적지까지 갔다고 합니다. 수다를 떨다가 그 여자들이 무용과에 다닌다는 이야기도 들었다더군요.

그런데 여자들이 이상하게도 밤에는 인적이 거의 없는 스키장 끝자락 슬로프로 가자고 재촉하더랍니다. 너무나도 재촉했기에 차를 이끌고 여자들이 가리키는 슬로프에 갔다고 하더군요. 도착하자마자 여자들은 너무 좋다며 소리를 지르면서 뛰쳐나갔고 뒷자리에 타고 있던 형도 내렸답니다. 길수는 "스키장 처음 오시나. 너무 지나치게 좋아하시네"라고 생각하며 내리려는 찰나, 운전대를 잡고 있던 형이 말하더래요.

"야, 야! 내리지 마. 내리지 마."

형 목소리가 상당히 경직돼있고 돌아보니 표정이

심하게 놀란 사람같이 보였다고 해요. 마치 뭔가에 홀린 듯하기도 했고요. 평소에는 장난기 많던 형이었는데 겁에 질린 얼굴로 "내리지 마. 내리면 우리 모두 죽어"라면서 이야기하는데 뭔가 오싹함을 느꼈답니다. 형은 길수보다 먼저 내려 슬로프로 향하고 있는 남은 한 명의 형을 가리키면서 외쳤대요.

"길수야 몰래 가서 쟤 데리고 와. 어서! 여자들 몰래 데리고 와야 해!"

길수는 어안이 벙벙하고 상황 파악이 제대로 안 됐지만 왠지 모를 불안감에 떨면서 형을 슬쩍 데리고 왔답니다. 형과 길수가 차에 당도하는 순간 문조차 제대로 닫지 못했는데 미친 듯이 출발했고 그대로 한밤의 질주를 계속했답니다. 뒤를 돌아보니 차가 떠나는 것을 본 여자들이 막 따라오기 시작했고 잡히는가 싶더니 점점 멀어져서 보이지 않을 정도가 되었답니다. 길수는 영문을 몰라 형에게 물었대요.

"형! 어떻게 된 거예요?"

"지금 나한테 아무 말도 걸지 마! 나 지금 제정신 아냐."

"아니, 그래도 형……."

"지금 말 걸면 우리 다 죽을 수도 있어."

운전대를 잡고 있는 형의 손을 봤는데 정말 심하게 떨리고 있었습니다. 그렇게 숙소에 도착했고 한참이 지난 뒤에야 거친 숨을 내쉬면서 입을 열기 시작했다더군요.

슬로프에 도착했을 때 먼저 내린 여자들이 너무 좋아하며 뛰어다니는 모습을 유심히 보았다고 합니다. 그런데 수북하게 쌓인 눈에 발자국이 하나도 생기지 않더랍니다. 더 희한한 건 발레하는 모습같이, 발을 꼿꼿이 세우고 뛰어다니더라는 거죠. 차 안에서 본 거라 '잘못 봤겠지'라고 생각했던 형은 뛰어다니는 여자 중 한 명과 눈이 마주쳤는데 그 여자 표정이 정상은 아니더래요. 소름 끼치게 무서워서 뭔가 내리면 안 되겠다는 생각이 순간 들었답니다.

형의 이야기를 듣고 길수가 곰곰이 생각해봤는데 떠오르는 게 있더래요. 처음에 길수가 옆방을 찾아갔을 때 키가 컸던, 아니 커 보였던 그 여자들이 사실은 숙소에서도 발을 꼿꼿이 세운 채 서 있던 게 아닐까 하는 거죠. 길수와 형들은 이야기를 끝내고 숙소 사장님에게 찾아가 물었답니다.

"사장님, 혹시 저희 옆 방에 누가 묵고 있나요?"

사장님 말로는 그날 우리 외에 다른 손님은 없다고 답했대요.

다음해 스키 시즌이 시작되자 길수는 또다시 M리조트를 다시 찾았고 그때 어떤 이야기를 듣게 됩니다. 슬로프 끝자락에서 여자 4명이 얼어 죽었다는 이야기였어요. 그 여자들은 멀쩡한 사람이었는데 길수와 형들이 버려두고 와서 얼어 죽은 거 아니냐고 물으실 수도 있겠죠. 그런데 밤의 리조트는 대낮보다 밝아서 길을 잃을 위험도 없고, 시설이 충분해서 얼마든지 걸어 내려올 수 있는 상황이라고 하더군요. 결정적으로 그 여자들이 죽은 사고는 벌써 몇 년 전 일이었다고 합니다. 길수가 목격했던 그 여자들은 아직도 그곳에서 까치발을 들고 뛰어다니는 걸까요?

"나랑 가자"

　제가 여섯 살 때 일입니다. 집안 형편이 좋지 않아서 저는 남해 할머니댁에 맡겨졌어요. 부모님 두 분 다 일을 하셔야 하는 상황이라 어쩔 수 없었죠. 그때만 해도 엄마가 너무 보고 싶어서 울고불고 떼를 썼는데, 지금 생각해보면 할머니가 얼마나 힘드셨을까 싶어요.

　그렇게 하루이틀 지나고 시골 생활에 적응해 갈 때쯤 일이 생겼죠. 제가 어려서 화장실을 잘 사용하지 못

하니 할머니는 항상 방에 요강을 두고는 거기에 일을 보게 하셨어요. 어렸던 제게 나무판자 두 개로 된 화장실은 너무 힘들고 무서웠거든요.

화장실 상태만 봐도 짐작하실 수 있을지 모르겠는데, 저희 할머니 댁은 옛날식 초가집이었어요. 집 주위로는 높은 담벼락이 둘러싸고 있었고 앞은 개울가였죠. 방에서 나와 문지방을 딛고 서서 돌담이 쳐진 곳을 보면 길가에 다니는 어른들 머리가 겨우 보이는 높이였습니다. 집안에는 우물도 있어서 그 우물을 길어다 씻고 밥하고 그랬던 기억도 나네요.

그렇게 여름이 지나 초겨울이었던 같아요. 산 쪽은 해가 일찍 져요. 저녁을 먹고 할머니와 이야기를 하다 보면 금세 잠이 들곤 했죠. 그날도 잠을 자는데 소변이 너무 마려워서 머리 위 요강을 찾았어요. 그런데 없는 거예요. 할머니를 깨웠죠.

"할머니, 쉬 마려워. 근데 요강이 없어."

"할미가 요강 씻쳐놓고 우물 있는 데다가 그냥 냅두

고 왔나보다. 가지고 와서 쉬해라."

저는 어린 나이에 무서웠지만 소변을 참을 자신이 없어서 후다닥 마루로 나갔어요. 그러다 우연히 돌담을 보게 되었는데, 어떤 백발 할아버지가 절 쳐다보고 계시는 거예요. 무섭기보다는 그냥 신비로웠어요. 제가 무슨 말이라도 하려는데 할아버지는 어느새 제 앞에 와서 손짓을 하셨죠. 아래는 한복을 입으셨는데 발은 안 보이는 모습이었어요. 순간 '귀신이다!' 하는 생각이 들었죠. 그 할아버지가 말씀하셨어요.

"할아버지 따라가자. 어서 가자. 이리 온나."

입은 움직이지 않는데 그 말이 다 들렸어요. 순간 무슨 용기였는지 할아버지를 보고 말했죠.

"할아버지, 아무나 따라가면 할머니한테 혼나요."

그리고 방으로 들어가 할머니를 깨웠죠.

"어떤 할아버지가 자꾸 나보고 따라가자는데 어떻게 해?"

할머니는 깜짝 놀라 무슨 말을 하냐며 숟가락을 하

나 주셨어요.

"할미가 밖에 나가볼 테니 넌 안에 있어라. 할미 나가면 문고리에 숟가락 끼우고!"

나오라고 할 때까지 절대로 문 열지 말라며 후다닥 나가셨죠. 저는 창호지에 구멍을 뚫어서 밖을 살짝 훔쳐봤어요. 할머니는 우물가에 앉아서 그릇에다 물을 받고는 빌고, 또 빌고 하시더라고요.

"영감, 애는 안 된다. 차라리 내를 데리고 가라."

저는 무슨 말인지도 모르겠고 그걸 한참 보다가 문고리를 잡은 채 잠들었던 기억이 있네요. 지금 생각해보면 많이 들어본 흔한 이야기지만, 직접 겪은 입장에서는 무섭기도 하고 신기한 경험이었어요.

돈을 버는
아주 좋은 방법

　　약 8년 전, 초등학교 때부터 알던 친구와 그 가족의
이야기입니다. 저는 어릴 적 또래보다 체격이 작고 소심
한 성격이었죠. 그 이유 때문인지 친구들에게 무시를 많
이 당했습니다. 요즘은 뭐라고 하는지 모르겠지만 그때
는 반에서 싸움을 제일 잘하는 친구를 '대장'이라고 불
렀는데 저는 늘 그 아이에게 괴롭힘을 당했죠.

　　그렇게 초등학교 6학년이 되었을 때, 민수라는 친

구가 전학을 옵니다. 민수는 공부만 할 것 같은 스타일이었고 체격도 저와 비슷하게 왜소한 편이었어요. 그래서 전학을 오자마자 대장이라고 불리는 친구에게 괴롭힘을 당했죠. 민수와 저는 서로 비슷한 처지여서 그런지 금방 친해졌고 이후 같은 중학교와 고등학교를 다니게 되면서 둘도 없는 친구 사이가 되었죠.

고등학교를 졸업하고 나서 저는 대학 진학을 포기하고 군대를 선택했습니다. 공부를 뛰어나게 잘하는 편이 아니었기 때문에 일찍 취업을 하기로 결심했죠. 그러나 민수는 누구나 이름을 아는 서울의 어느 대학에 진학했습니다. 같이 20대를 보내면서 차례대로 취업을 하고 자리를 잡기 시작했습니다.

정확히 서른 살이 됐을 때 민수가 말하더군요. 6개월 정도 만난 여자친구가 있는데 소개해주고 싶다고요. 반년 동안 사귀면서 저에게 숨겼는데 그 이유는 제가 솔로여서 말하기 미안했다고 하더라고요. 친구라서 하는 말이 아니라 민수는 정이 많고 남을 배려하는 자세가 항상 느껴지는 좋은 친구였습니다.

약속을 잡고 민수와 여자친구를 카페에서 만났죠. 그런데 잠깐 본 인상으로 사람을 판단하기에 무리가 있겠지만, 그때 제가 느낀 솔직한 감정은 민수가 아깝다는 것이었습니다. 외모를 말하는 게 아니라 여자친구의 태도 문제였어요. 민수를 마치 하인 부리듯이 대하더군요.

그날 밤 집으로 와서 한참 고민하다 민수가 걱정이 돼서 전화를 걸었죠. 카페에서 있었던 일을 이야기하면서 "야, 여자친구한테 너무 잡혀 사는 거 아니냐?"고 물었더니 여자친구니까 맞춰주는 거라고, 괜찮다고 하더라고요.

3년간 연애 끝에 민수는 결혼을 하게 됩니다. 그때까지 우여곡절이 정말 많았어요. 그중 한 가지 기억에 남는 건 여자친구의 폭력성이었죠. 보통의 커플이 하는 싸움과는 비교가 안 될 정도였는데 피를 봐야 싸움이 끝날 수준이었으니, 정말 심각했습니다. 정말 신기했던 건 그 여자친구가 그렇게 심하게 싸우고 나도 다음 날이 되면 언제 그랬냐는 듯 웃으면서 행동하더라고요. 그럴 때마다 민수에게 '이건 아닌 거 같다. 결혼하면 더 싸운다던데 결혼 전부터 이러면 어떻게 살겠냐'고 수도 없이 말했지만 결국 말리지 못했죠. 정말 친했던 친구라 결혼식 사회도 봐줬고 행복하게 살길 바랐습니다.

시간이 흘러 민수는 아빠가 되었고 소식을 듣자마자 병원으로 달려가 축하해줬죠. 친한 친구의 아이를 보니 저도 결혼하고 싶다는 생각이 들더군요. 그런데 아이가 태어나고 3개월 정도 지났을 때부터 민수는 점점 이상해지기 시작했습니다. 늦은 밤 민수에게 전화가 걸려왔고, 뭔가에 쫓기는 사람처럼 다급하게 말하더라고요.

"나 정말 급해서 그러는데 천만 원만 빌려주라."

"갑자기? 무슨 일 있어?"

"금방 갚을게. 얼른 빌려줘."

친구의 부탁이니 묻지도 않고 빌려줬는데 그 후로 돈을 갚기는커녕 더 빌려달라는 말만 하더라고요. 무슨 일인지 물어봐도 대답은 하지 않고, 돈이 필요하다는 말만 하는데……. 그것도 한두 번이지 지속적으로 가져가니까 저도 연락을 피하게 되더군요.

민수와 연락을 끊은지 6개월 정도 지났을 때 고등학교 동창에게 충격적인 이야기를 듣게 됐죠. 민수의 가족이 교통사고로 병원으로 실려 갔는데 다행히 민수와 제수씨는 가벼운 찰과상이었지만 같이 차에 타고 있던 아이가 사망했다는 소식이었습니다. 돈 빌려달라는 말만 하는 친구가 미웠지만, 아이가 잘못되었다는 말에 걱정이 돼서 얼른 병원으로 찾아갔죠.

그런데 민수를 보자마자 저는 너무 당황스러웠습니다. TV 예능을 보면서 뭐가 그리 웃긴지, 제가 들어온 것도 모르고 신나게 웃고 있더군요. 한참 뒤 저를 보고 깜짝 놀라면서 슬픈 표정을 짓는데 저는 그 상황이 이해되지 않았습니다. 저는 민수를 위로를 해주고 나서 제수씨가 입원한 병실로 찾아갔어요. 역시나, 제수씨도 슬픈 기색이 없어 보였죠. 병원을 나와 집으로 향했고 그게 민수와의 마지막 만남이었습니다.

사건이 있고 나서 한 달 정도 지나 고등학교 동창 결혼식에 참석했는데 친구들이 민수 이야기를 하더라고요. 저는 그 이야기를 듣고 믿을 수가 없었습니다. 이야기는 몇 달 전 민수가 아빠가 됐을 때로 돌아갑니다. 결혼해서 잘 사는 줄만 알았던 민수는 사실 가정에 문제가 많았나 봐요. 특히 제수씨가 돈을 물 쓰듯 쓰는 바람에 금전적으로 힘든 생활을 했다고 합니다. 제수씨는 아기가 태어난 후에도 쇼핑을 즐겼고 빚은 순식간에 불어났다고 했죠.

하루는 아이 예방접종을 하기 위해 부부가 아이를 태우고 병원에 가고 있었는데, 가벼운 접촉사고가 났다고 합니다. 그 사고로 인해 가족은 보험금을 수령했고요. 이 일이 계기가 되었을까요? 그 후로 민수와 제수씨는 고의로 접촉사고를 내기 시작했답니다. 보험사기로 의심을 받을까 봐 아이까지 태우고 그런 짓을 했다고 하더라고요. 점점 욕심이 커지고 민수는 절대 넘어서는 안될 선을 넘는 계획을 세웠다고 했어요. 그건 교통사고 사망보험금을 받기 위해 아이를 사고로 죽이려는 생각이었죠. 그 계획에 제수씨도 동의했고 같이 진행했던 겁니다.

15세 미만은 일반 종신보험에 가입되지 않습니다. 그래서 부부는 교통사고 사망금 쪽으로 눈을 돌렸다고 하더군요. 민수는 CCTV가 없는 급커브 구간을 찾아 운전 미숙으로 인한 사고를 계획했어요. 그런데 아이가 사망했지만 보험금은 받지 못했다고 해요. 사고가 났던 급커브 근방에 트럭 한 대가 서 있었는데 사고 장면이 트럭 블랙박스에 촬영되었거든요. 민수네 차가 한참을 가만히 서 있다가 갑자기 출발하더니 사고를 내는 모습 전부가 블랙박스에 찍힌 거죠. 보험사에서는 과거 보험 이력이 수상하다고 판단해 조사하기 시작했고 모든 게 밝혀졌다고 합니다. 심지어 가족이 있는 다른 동창에게 연락해 "아이를 태우고 사고 내면 의심 안 받으니까 생각 있으면 같이하자"고 제안까지 했다고 하더군요.

무서운 이야기들을 보면 귀신에 씌었다거나 악령에

빙의되었다는 사연들이 있습니다. 이런 이야기가 무서운 것은 멀쩡하던 사람이 돌변해서 상식 밖의 일을 벌이기 때문이겠죠. 제가 보기에는 민수도 뭐에 단단히 씌었던 게 아닌가 싶습니다. 귀신인지, 악령인지, 아니면 돈인지는 모르겠지만요. 정 많고 착했던 친구가 갑자기 돌변한 것을 아직도 이해할 수 없습니다.

도로를 막고
서 있는 차

6년 전 마산회원구 내서읍의 한 도로에서 겪었던 일입니다. 저는 어느 기업의 영업직으로 일하는지라 출퇴근이 일정하지 않습니다. 참고로 타지역 출장도 자주 있죠. 그날은 부산 출장 후 새벽 일찍 집으로 돌아가는 중이었어요. 새벽 2시에서 3시 정도 됐을 거예요. 1월이라 날씨도 춥고 해서 히터를 틀고 운전을 하고 있으니까 저도 모르게 슬슬 졸리기 시작하더라고요. 이 상태로 운전하면 큰일 나겠다 싶어서 내서읍 들어가는 방향 갓길에 차를 잠시 정차했죠.

"안 되겠다. 10분만 자고 가자."

잠시 눈을 감았는데 깜짝 놀라 눈을 떠보니 5시가 넘어가고 있는 겁니다. 잠깐 잔줄 알았는데 2시간이 훌쩍 지나갔더라고요. 뭐, 그래도 몸은 개운했습니다. 그렇게 다시 집으로 향하고 있었는데 도로 중앙에 자동차 한 대가 비상등을 켜고 서 있더라고요. 그 길은 왕복 2차선 도로고 그 시간에는 차도 없는 길이어서 주민들이 새벽 운동을 주로 하곤 했었어요. 차량은 소형차로 보였는데 왕복 2차선 도로 중앙에 차를 세워놔서 뭔가 이상하다 싶었죠. 차가 고장이면 그럴 수 있겠다 싶어서 갓길에 주차하고 잠깐 내렸습니다. 순간 무슨 일이 있나 싶어서 걱정이 되더라고요. 차에서 내려 도로 중앙에 세워진 그 차로 가봤는데 아무도 없는 겁니다. 이상하다 싶어서 차 문을 열어보니 문이 열리더군요. 이 도로에 차를 버리고 갔을 리도 없고 이상하다고 생각하면서 제

차로 돌아가려고 했죠. 경찰에 신고해서 차를 이동시켜
야 될 것 같았거든요.

도로 옆을 보면 하천이 흘렀고 다리가 있었습니다.
하천 쪽을 보면서 휴대전화를 꺼내려는데 녹색 패딩을
입은 어떤 남자가 무언가를 하고 있더라고요. 제 시야에
서 잘 보이진 않았지만 확실히 차 주인이 맞다는 건 눈
치챘습니다. 그때 저를 보는 게 느껴졌거든요. 처음에는
화장실이 급해서 내려갔나 싶었죠. 몸을 숨기기 딱 좋아
보였으니까요. 그 남자는 저를 뚫어지게 쳐다보더니 제
가 있는 쪽으로 올라오더군요. 저를 향해 오는지 아니면
본인 차로 오는지는 모르겠지만 후자라고 생각했죠. 그
남자는 느긋하게 걸어오더니 역시나 제 생각처럼 세워
진 차로 가더군요. 아무 말도 없이 본인 차로 가길래 한
마디 했죠.

"저기요, 차를 이렇게 세우시면 어떻게 합니까?"

그랬더니 그 남자가 고개를 갸우뚱거리면서 저에
게 천천히 다가오더라고요. 솔직하게 그 순간은 위압감

이 들더라고요. 키가 크고 덩치가 컸기 때문에도 그렇겠지만 그 남자가 눈이 반쯤 풀려 있는 상태로 저를 노려보는데 순간 소름이 돋았어요. 그리고 그 남자가 한마디하더라고요.

"언제부터 여기 있었어요?"

저는 차가 이상하게 세워져 있어서 사고가 난 줄 알고 경찰을 부르려 했다고 말했죠. 그랬더니 그 남자는 소변이 급해서 그랬다고 말하고 저를 뚫어지게 보더니 본인 차로 가더군요. 저도 집에 가야 하니까 그렇게 마무리 후 집에 도착했죠.

그리고 며칠이 지났죠. 아침 뉴스를 보고 있는데 익숙한 장소가 보였고 곰곰이 생각해 보니 제가 며칠 전 그 남자를 본 내서읍 하천 옆 도로였습니다. 뉴스 내용을 보고 섬뜩했습니다. 20대 남성이 음주운전 후 사람을 치고 시신을 유기했다고 나오더군요. 제가 그날 봤던 녹색 패딩의 그 남자. 녹색 패딩을 입고 고개를 숙이고 있는 장면이 TV에 나오는데 너무 소름이 돋았습니다. 소변을 보러 하천 다리 밑으로 들어간 게 아니었고 그곳에 시신을 유기하고 있던 것이었죠. 그 남자는 술을 마시고 운전하다 노인분을 차로 치고 다리 아래에 옮긴 뒤 도주했다고 하는데 제가 그 순간을 봤던 거였어요. 그 남자는 사고 후 집에서 잠을 자다 그날 검거되었다고 하더라고요. 사고 직후 폐차장에 전화해서 폐차를 요청했는데 사고 현장을 확인하던 폐차장 직원이 시신을 발견하고 신고하면서 덜미가 잡힌 거였죠. 그 남자는 사고 흔적을 지우기 위해 그날 입은 옷과 신발도 세탁했다고 하더라고요.

다시 생각해 봐도 정말 무서운 사람입니다. 저는 지금도 가끔 그 도로를 지나가곤 합니다. 지나갈 때마다 늘 그 생각나죠. 절대 잊을 수 없는 건 그 남자가 했던 말이에요. 언제부터 여기 있었냐는 그 말이 아직도 소름이 돋습니다. 그리고 제 얼굴을 뚫어지게 봤다는 것도 불안하고요. 차라리 그때 잠을 안 자고 집으로 갔다면 괜찮았을 텐데, 아니면 그날 그 차를 무시하고 그냥 지나갔더라면 어땠을까 하는 생각이 듭니다. 그리고 가끔 악몽을 꾸곤 합니다. 그 남자가 출소하여 저에게 찾아오는 꿈을요. 현실적으로 저에게 찾아오는 건 불가능하겠지만 충격이 너무 커서 꿈까지 꾸는 것 같습니다. 그 사건 후로 제 성격도 많이 소심해지게 되었어요. 6년이나 지난 일이지만 아직도 생생하고 무섭네요.

1번 방의 여자

저는 20대 초반에 노래타운에서 일하면서 무서운 경험을 하게 되었습니다. 제가 일하던 노래타운은 지하 1층 그리고 지상 4층과 5층을 더해 총 3개 층을 사용하는, 규모가 꽤 큰 곳이었습니다. 뭐 흔히들 아시다시피 귀신은 시끄러운 곳을 좋아하고 노래를 좋아한다는 이야기가 있잖아요? 저도 어느 정도 인정하는 부분입니다. 대개 노래타운은 손님이 많은 주말을 제외하면 카운

터와 가장 가까운 1번 방을 되도록 비워두고 있습니다. 노래타운은 보통 오후 5시쯤 오픈해서 다음 날 9시나 10시까지 운영하는데요. 평일엔 손님이 자정 이후면 대부분 빠져나가 새벽 1시나 2시부터는 유입이 뜸해집니다. 안 그래도 밤새우며 일을 하는 곳이다 보니 휴식 공간 확보 차원에서 1번 방을 비워두고 종종 들어가서 휴식을 취하곤 했었죠.

저는 당시 노래타운에 취직하고 저녁 8시에 출근해 다음 날 아침 8시에 퇴근하는 12시간 근무를 했었습니다. 다른 직원들도 저와 출근 시간은 비슷하긴 매한가지였죠. 퇴근하고 주로 1번 방에 들어가서 노래를 부르거나 술을 마시고는 했습니다. 문제의 사건이 있던 그날은 평일인데도 불구하고 유난히 새벽 손님이 많이 찾아와 4층 1번 방까지 손님이 들어가 있었습니다. 퇴근한 저와 다른 직원들은 앉아서 이야기할 곳을 찾고 있었는데 5층에 있는 1번 방이 생각나더라고요. 5층은 웬만큼 바쁘지 않은 이상 오픈하지 않았습니다. 평소에는 주말에만 오픈하는 층이었죠. 원래 5층도 지하 1층이나 지상 4층처럼 항시 오픈하여 영업을 했던 곳이었으나 평일에는 손님이 많지 않아 굳이 인건비에 관리비까지 써 가면서 유지하기가 좀 힘든 상태였습니다. 그러다 보니 5층은 노래방 기계 같은 장비들은 노후화되어 있었어요. 낡은 곳에 별로 가고 싶진 않았지만 앉아서 수다를 떨 곳이 마땅치 않으니 5층 1번 방으로 가게 되었죠.

다들 일하면서 힘든 점이나 짜증 나는 진상 손님 이야기를 했고, 일상이나 좋아하는 가수 이야기도 나눴습니다. 30분인가 지났을 때 다들 졸음이 몰려오기 시작했습니다. 정말 신기한 게 노래타운 소파가 누워있거나 앉아 있으면 잠이 오는 마법이 걸린 것처럼 졸음이 쏟아졌었죠. 다들 피곤해 하니까 테이블에 엎드리거나 소파에 누워 수다를 떨다가 어느 순간 다같이 잠이 들었습니다. 저 역시도 테이블에 엎드려서 잠들었는데 꿈인지 현실인지 구분하지 못할 일을 겪게 됩니다.

잠을 자고 있던 중 순간 몸이 움직이지 않는다는 걸

깨닫게 됐습니다. 가위에 눌린 것이죠. 이게 뭘까 싶어 몸을 움직이려고 막 노력을 하는데 1번 방 문 쪽에서 인기척이 느껴졌습니다. 무언가가 스으윽 하면서 방으로 들어오는 기척이었죠. 문 쪽으로 한쪽 팔을 베고 누워 있었기에 감고 있던 눈앞으로 움직이는 그림자가 보이기 시작했습니다. 저는 무섭기는 했는데 그게 뭘까 싶어 살짝 실눈을 떠서 보았습니다. 검은색 긴 머리가 허리까지 내려와 있고 옷은 검은 상복 같은 차림의 여자가 저희가 모두 자고 있는 1번 방에서 계속 쓱 거리는 소리를 내며 돌아다니고 있었습니다. 머리는 긴 생머리였지만 누가 봐도 머릿결이 좋다는 생각을 못 할 만큼 뻣뻣했고 며칠을 감지 않은 듯 산발이었습니다.

문으로 들어와서 TV 앞에 갔다가 노래방 기계 쪽으로 움직이고 저희가 자는 테이블 쪽으로 왔다가 다시 문 쪽으로 가는 등의 행동을 반복했습니다. 그러다 자고 있던 저희를 하나하나 돌아다니며 쳐다보는 것처럼 움직였죠. 저는 엄청난 공포감에 눈을 질끈 감아버렸습니다. 눈꺼풀 사이로 빛과 어둠이 어른거렸는데, 뭔지 모를 그 무언가가 계속해서 방을 돌아다니며 저희를 쳐다보고 있는 것처럼 느껴졌습니다. 찰나의 순간 제가 있는 1번 방의 모든 게 작동을 멈춘 듯 고요했고 음산했습니다. 정체 모를 그것이 움직이는 것을 인지할 수 있을 만한 스으으 하는 소리만이 방안을 채우고 있었습니다.

'이게 말로만 듣던 귀신인가? 그럼 이제 어떻게 하지? 눈을 떠야 하나 가위를 어떻게 풀지?'

그런 생각을 하고 있을 때 스으으 소리가 1번 방 문쪽으로 가더니 이내 희미해지기 시작했고 아예 들리지 않게 되었습니다. '뭐지? 끝인가?'라는 생각이 들면서 동시에 소리를 지르며 몸이 움직여지기 시작했고 엎드린 상태에서 벌떡 몸을 일으켜 세워버렸습니다. 정말 신기하고 소름 돋는 건, 테이블에 저와 같이 엎드려 자고 있던 애들과 소파에 누워서 자던 애들 모두 동시에 소리를 지르며 몸을 일으켰다는 점입니다. 그렇게 아무 말 없이 서로 숨을 거칠게 쉬었습니다. 그러다 한 명이 고요를 깨고 얘기하더군요.

"나 방금 이상한 거 봤어. 꿈인가? 꿈은 아닌 거 같은데……."

그러자 방에 있던 다른 아이들 역시 "나도, 나도!"라고 맞장구쳤습니다. 저는 애들한테 물었습니다. 혹시 내가 겪은 거랑 같은 거냐고. 그러자 하나같이 하는 말이 엎드리거나 누운 채로 있는데 가위에 눌리게 되었고 몸이 움직여지지 않은 상태에서 어떤 여자가 방안으로 들어오더니 돌아다녔다는 거였죠.

너무 소름이 돋아 너나 할 거 없이 방을 뛰쳐나와 4층으로 내려갔습니다. 4층에서 내려와 모두가 겪은 것에 대해 말하다가 꿈 아니면 귀신이라고 추측을 했고 CCTV를 돌려보자고 결론 지어졌습니다. 꿈이 아닌 현실이었다면 누군가 방에 들어오는 모습이 보이지 않겠냐면서 말이죠. 지하와 4층, 5층 모두 CCTV가 설치되어 있었습니다. 술집에는 항상 취한 사람이 있기 때문에 예기치 못한 일이 발생하는 경우가 많았고, 복도와 카운

터에는 CCTV가 항시 촬영 중이었습니다.

　　그렇게 CCTV로 5층 영상을 돌려봤습니다. 애들이랑 같이 1번 방으로 들어가는 모습이 보였고 이후에는 저희가 단체로 우르르 계단을 내려가는 모습뿐이었습니다. 누군가가 들어온 것은 아니었던 거죠. 그날 이후 노래타운 5층은 직원 모두가 기피하는 장소 1순위가 되었습니다. 제가 그날 본 게 뭔지, 정말 귀신이라도 본 건지, 아직도 의문으로 남아 있습니다.

빈집에 찾아온
불청객

저는 귀신이나 외계인 등 비현실적인 것을 믿지 않는 사람입니다. 그런 저조차도 믿을 수밖에 없는 이야기를 해보려 합니다. 이 일이 일어났을 당시 저는 16살로 지극히 평범한 중학교 남학생이었습니다. 저희 어머니는 교직에 계셨는데 비슷한 연배의 동료 교사들과 매우 친하셔서 방학만 시작되면 부부 동반으로 자주 여행을 가시곤 했습니다. 그래서 부모님들이 여행을 가실 때면 여러 집의 아이들이 한 집에 모여서 며칠을 지내곤 했습니다. 아이들끼리도 워낙 친했거든요. 그때도 여름방학 시작과 동시에 부모님들은 어디론가 떠나셨습니다. 어머니 동료분 집에서 여러 아이들이 3일 동안 머물게 됐고요. 저와 제 동생도 그곳에서 머물었죠. 사건은 이틀 날 밤에 터졌습니다.

당시 저는 P 사이트의 축구 게임에 푹 빠져있었습니다. 오전에 놀다가 그 집에 들어가니 우리 중 가장 나이가 많은 누나가 "얘들아, 오늘은 밖에서 저녁 먹자. 나가자!"라고 했죠. 저는 피곤하기도 하고 게임 하는 게 더 좋아서 "저는 집에 있을게요. 애들 데리고 나갔다 오세요"라고 하고 그 집주인 아들인 동생 녀석도 "저도 집에서 TV 보고 라면이나 먹을래요"라고 해서 그 집엔 저와 그 녀석만 남았죠. 그렇게 저는 컴퓨터 방에서 정말 그야말로 정신 놓고 게임에 푹 빠져 있었습니다. 그 동생은 거실에서 TV를 보고 있었고요. 얼마 지나지 않아 그 동생이 "형, 저 친구 좀 만나고 올게요"라고 하더군요.

저는 정신없이 게임하며 아무런 생각도 않고 "어, 그래" 하고 무심코 대답했죠. 그리고 시간이 꽤 지나니 목이 타더군요. 저는 그 동생이 나갔다는 걸 깜빡한 채 "야, 형이 지금 곧 먹힐 것 같아서 그러는데 물 한 컵만 갖다 줄래?"라고 했습니다. 그런데 별 반응이 없길래 다시 한 번 살짝 소리를 질러 동생을 불렀죠. 아무도 없는 집에서……

그런데 곧 누가 테이블 옆에 물을 한 컵 놓아주더군요. 컴퓨터와 방문이 반대편에 있어 누가 들어오는지는 보지 못했습니다. 전 그때까지 제가 얼마나 공포스러운 상황에 처했는지 게임에 빠져 자각하지 못했습니다. "오, 땡큐"라고 하고는 게임을 계속했습니다. 얼마쯤 지났을까요? 저는 게임을 너무 오래 했는지 두통이 생겨 컴퓨터를 끄고 물컵을 들고 거실로 나왔습니다. 배도 슬슬 고파오던 중 그런 생각이 들었습니다. '어? 맞다. 아까 다들 밥 먹고 놀다 온댔지. 근데 이 자식은 어딨는 거야? 자나?'

저는 조용한 집에서 녀석을 찾기 시작했습니다. 이 방, 저 방 뒤지다가 안방 화장실도 열어보고 거기도 없기에 거실 복도 쪽으로 천천히 걸어 나왔습니다.

'도대체 어디 간 거야? 아무리 자기 집이라지만······ 손님을 집에 혼자 두고.'

그렇게 거실로 걸어 나오던 저는 제가 부엌 식탁 위에 갖다 놓은 물컵을 보고 정신이 아찔해졌습니다. 갑자기 머릿속에서 "형, 저 친구 좀 만나고 올게요"라는 말이 미친 듯이 울리기 시작했습니다. 그리곤 저도 모르게 욕이 터져 나왔습니다. 너무 무서워서요.

"아이씨, 뭔데 대체!"

덩그러니 서 있던 저는 안방 화장실 문이 열리는 소리를 듣고는 심장이 터질 것 같았습니다. 저는 항상 어디서든지 문이 꽉 맞물리도록 닫고 다니는 버릇이 있기 때문에 바람 따위에 흔들려서 문이 열리는 경우는 없었습니다. 누가 일부러 열지 않는 이상요. 본능적으로 느꼈습니다.

'와, 나 큰일났다.'

물에 젖은 발소리를 아시나요? 찰박찰박, 찰박찰박……. 저는 거실 복도에서 고개를 푹 숙이고 멍하니 서 있었습니다. 고개를 들었을 때 안쪽 현관 유리에는 제 모습 뒤로 무언가가 함께 흐릿하게 비치고 있었고요. 전 정말로 귀신도 믿지 않고 무서움도 없는 당찬 놈입니다. 그때나 지금이나 말이죠. 그런데 그땐 정말……. 당시 제 키가 170센티미터가 조금 넘었는데 제 뒤로 비치는 그 형체는 언뜻 보기에도 족히 2미터는 되는 것처럼 보였습니다. 분명히 사람의 형상인데 뚜렷하게는 안 보이고 사지를 축 늘어뜨리고 서 있는 검붉은 형체. 저는 넋을 놓고 '지금 이건 도대체 무슨 상황일까. 아, 꿈은 진짜 아닌 것 같은데……. 미치겠다'라는 생각뿐이었습니다.

'나 뭐 이상한 거 먹은 것도 없는데, 컴퓨터를 많이 해서 환각이 보이나?'라고 생각하고 뒤를 돌아보려 했지만 도저히 용기가 안 났습니다. 지금 생각해보면 짧은 시간인 것 같지만 당시 제 기분으로는 한참을 그렇게 숙이고 서 있었습니다. 그리고 다시 고개를 들었을 때도 그것은 '이것은 결코 꿈이 아니다'라는 듯이 분명히 제 뒤에 서 있었습니다.

'일단 정신 차리자. 언제까지 서 있을 거야? 그래, 도망치자. 뛰자!'

저는 늘 달리기 하나는 자신 있었습니다. '속으로 셋만 세고 뛰자'라고 생각한 후 그 짧은 시간에 머릿속으로 뛰어서 문 열고 도망치는 걸 수도 없이 상상으로 연습했습니다. 그렇게 마음을 다잡고 하나, 둘, 셋……! 저는 걸음을 떼는 순간 심장이 멎을 줄 알았습니다. 셋을 세고 뜀박질을 시작함과 동시에 뒤에서 두두두두 하는 달음박질 소리가 들렸고, 발소리가 그렇게 무서울 수 있는 줄 저는 몰랐습니다. 저는 엄청난 속도로 현관을 박차고 계단을 뛰어내렸습니다. 난간을 잡고 계단을 여러 칸씩 점프해서 내려가는 것 아시죠? 저는 그렇게 '쿵쿵' 하고 두 걸음만에 한 층씩을 뛰어내리며 도망쳤습니다.

그런데도 뒤에서 들리는 발소리는 끊이지 않았습니다. 저는 너무 미칠 것 같아 누구라도 나와줬으면 했고, 머릿속에 떠오르는 아무 노래를 큰 소리로 불렀습니다.

"돌아보지 말고 떠나가라! 또 나를 찾지 말고 살아가라!"

당시 최고의 인기곡이던 이 노래를 부르는 제 모습이 웃기실지 모르겠지만 전 정말 놀라 눈물조차 흐르지 않았습니다. 그렇게 정신없이 뛰어내리기만을 한참, 정신을 차렸을 땐 이미 발소리가 들리지 않았습니다. 저는 어느새 한참 밑인 7층에 와 있었고요. 저는 더욱 빠르게 계단을 뛰어 내려갔습니다. 나중에 알고 보니 저는 맨발이었고 계단 턱에 찍혀 발톱이 뒤집어진 줄도 몰랐죠. 그렇게 아파트 벤치에서 다른 아이들이 오기만을 한참 기다렸습니다. 얼마 후 애들이 돌아왔고 저는 제가 겪은 일을 말했습니다. 어린애들은 무섭다고 울었고 형과 누나들은 "야 너 미쳤냐? 애들 놀라게 왜 그딴 소리를 해?" 라더군요.

저는 환장할 것 같았습니다.

"아, 진짜야! 그럼 올라가 봐!"

사실 이렇게 말했지만 저 스스로 제발 환상을 본 것이길 바랐습니다. 현관문을 열고 거실 복도에 들어섰을 때 모두 그대로 얼어붙고 말았습니다. 대충 봐도 280~290밀리미터는 돼 보이는 발자국이 찍혀 있었고 걸음걸이 폭은 족히 1.5미터 이상이었습니다. 결코 평범한 사람의 것으로 보이진 않았습니다. 모두가 말을 잃었고 집 주인 아들 형제는 넋이 나간 표정이었습니다. 저 또한 양치기 소년이 되지 않아 다행이라는 생각보다 '와, 내가 꿈을 꾼 게 아니었네? 아까 그게 진짜잖아?'라는 생각이 더 강하게 들었습니다. 귀신이 붙은 건가 순간 두렵기도 했죠.

저와 동생은 다음 날 바로 친척 집으로 옮겼고 그 집 형제는 부모님이 돌아오시고 나서 그 일을 말씀드렸답니다. 집 주인인 부모님은 처음에 전혀 믿지 않으셨지만 같이 있던 아이들 모두 같은 말을 하는 것을 듣고는 결국 이사를 가게 되었습니다.

이 이야기를 생각하면 지금도 끊임없이 닭살이 돋는군요. 다시 한번 말씀드리지만, 저는 미신이나 귀신 따위 전혀 믿지 않습니다. 이 일을 직접 겪었음에도 저는 귀신이라기보단 괴물 혹은 세상에 알려지지 않은 괴생명체가 아닐까 생각합니다. 하지만 2008년 8월, 대구 수성구 만촌동 E 매장 건너 M 아파트에서 실제로 저와 12명의 아이들이 겪었던 일입니다.

캠핑장의 인연

저는 대전에 살며 평일에는 직장을 다니고 주말이
나 쉬는 날에는 캠핑을 즐기는 40대 남성입니다. 캠핑
을 하다 너무나 무서운 일을 겪게 되었어요. 저는 올해
캠퍼 11년 차입니다. 전문적으로 캠핑을 하는 건 아니
고 간단히 혼자서 즐기는 정도였죠. 이야기의 시작은 8
년 전, 굉장히 추운 겨울이었어요. 그날은 친구와 함께
캠핑을 가기로 약속을 했고 저희들은 대전 흑석동에 있

는 캠핑장으로 향했습니다. 이곳은 다른 곳과 달리 무료로 운영되는 곳인데 말 그대로 아무것도 없는 노지라고 보시면 될 겁니다. 요즘은 '차박'이라고 차 안에서 주무시는 분들이 많지만 그 당시 저희는 무조건 텐트를 설치하고 침낭 안에서 자는 게 룰이었죠. 친구와 이런저런 이야기를 하다 목적지에 도착했고 친구는 차에서 내리자마자 경악을 하더라고요.

"야 여기 뭐냐? 아무도 없잖아."

날씨가 추운 탓에 예상은 했지만 그래도 한 팀 정도는 있을 거라고 생각하며 왔는데 말 그대로 허허벌판이었죠. 당황스럽긴 했지만 가져온 텐트 장비를 설치하고 식사 준비를 했습니다. 밥을 먹고 이것저것 하다 보니 해가 지기 시작했고 간단한 안주를 꺼내 친구와 술 한잔 하기로 했죠.

그때 멀리서 자동차 소리가 들렸고 누가 왔나보다 생각했어요. 반가운 마음에 텐트 밖으로 나가보니 남자 세 명이 차에서 내리더군요. 그리고 텐트 칠 곳을 찾아

두리번거리던데 그 모습을 보고 도와줘야겠다는 생각이 들어 남자들에게 다가가 말을 걸었죠.

"저, 안녕하세요. 아무도 없어서 저희가 전세 낸 줄 알았는데 늦게 오셨네요."

농담 식으로 말을 건넸는데 표정이 뭔가 이상하더라고요. 마치 뭘 숨기는 사람들처럼 떨떠름한 표정이었는데 말을 건 게 후회가 될 정도로 민망했죠. 그렇게 인사를 하고 저희 텐트로 향하려고 할 때 뒤에서 이상한 소리가 들렸습니다. 남자들은 텐트를 설치하고 있었는데 캠핑은 난생처음인 듯 이상한 곳에 지지대를 설치하고 있더군요. 그리고 남자들의 옷차림과 행동을 보니까 급하게 준비를 하고 왔는지 모르겠지만 이 추운 겨울날 침낭도 없었고 옷은 얇은 긴팔만 입고 있었죠. 그 모습을 보고 있으니 뭔가 측은한 생각이 들어 "제가 텐트 설치 좀 도와 드릴까요?"라고 다시 말을 건넸습니다. 남자들도 본인들끼리 도저히 안 되겠다 싶었는지 대답 대신 고개를 끄덕였습니다.

그렇게 텐트 설치를 도와줬고 그게 고마웠던지 남자 중 한 명이 저희 텐트로 와서 술 한 병을 주고 가더군요. 여기서 만난 것도 인연이고 여럿이서 같이 한잔하면 좋을 것 같아서 남자에게 저희 텐트로 오라고 권유했고 결국 저희와 그 남자 일행, 총 5명이 술을 먹었습니다. 제가 생각했던 것처럼, 남자들은 캠핑을 처음 왔다고 하던데 생각하면 할수록 이상한 부분이 많았죠. 여기는 오토캠핑장이 아니고 아무것도 없는 노지 캠핑이라 캠핑을 처음 접하시는 분들은 알기 힘든 장소입니다. 그리고 텐트 설치도 안 해본 사람들이 해가 질 때 찾아온 것도 이해가 가지 않았죠. 뭐, 개인적인 사정이니 더이상 묻지 않고 다른 이야기를 나눴습니다.

남자 중 한 명은 사투리를 심하게 쓰길래 고향이 어디냐고 물었는데 임하도라는 섬이라고 하더군요. 이름이 생소해서 검색해봤더니 전남 해남군에 있는 섬인데 관광지로 유명하다고 나오더라고요. 그렇게 술을 마시다 섬이 고향이라던 남자가 취했는지 믿기 힘든 말을 하는 겁니다. 본인이 섬에서 어업을 하며 지냈는데 10년 간 한 푼도 받지 못하고 일만 했고 버티기 너무 힘들어 도망쳤다는 말이었죠. 믿기 힘들었지만 그 남자 눈빛을 보니 거짓말은 아닌 것 같아 보였습니다.

이런저런 이야기를 하다 보니 금방 시간이 지나갔고 제 기억으로는 아마 새벽 2시 정도 됐을 거예요. 졸음도 쏟아지고 술자리를 정리하려는 분위기였는데 섬에서 왔던 남자가 저와 친구에게 본인 텐트로 가서 자는 게 어떻겠냐고 하더라고요. 저희가 가져온 텐트는 3인 사이즈고 남자 일행의 텐트는 10인 정도 들어가는 큰 사이즈였습니다. 텐트가 넓긴 하지만 겨울에는 작은 텐트가 더 따뜻하기 때문에 괜찮다고 말했죠. 그 남자는 본인 텐트로 와서 한잔 더 하자며 계속 권했고 저는 괜찮다고 친구와 함께 저희 텐트로 들어왔습니다. 그리고 침낭에 들어가 금세 잠이 들었고 잠시 후 잊지 못할 사건이 일어나게 됐죠.

잠을 자고 있는데 친구가 제 몸을 흔들면서 깨우는

겁니다. 벌써 날이 밝았나 싶어 시간을 보니 새벽 4시가 살짝 넘어가고 있길래 친구에게 왜 그러냐고 물어봤죠.

"야, 큰일 났다. 큰일 났어."

친구는 다급한 목소리로 텐트 밖에 나가보라는 겁니다. 정신을 차리고 일어났더니 경찰차 사이렌 불빛이 보였고 뭔가 안 좋은 느낌을 느껴 얼른 밖으로 나갔어요. 남자 일행이 있던 텐트 주변에서 연탄 냄새가 심하게 났고 저는 친구가 목격한 사실을 듣게 됐죠. 친구는 잠을 자다 이상한 소리가 나서 밖으로 나가봤는데 섬에서 왔다던 그 남자가 텐트에서 뛰쳐나와 어디론가 전화를 하고 있었다고 합니다. 밖에서 뭔가 타는 냄새가 나서 친구는 그 남자에게 향했고 충격적인 장면을 목격했다고 했죠. 텐트 안에는 번개탄과 연탄불이 피워져 있었는데 남자 일행 두 명이 쓰러져 누워있는 겁니다. 그리고 그 남자는 텐트 밖으로 나와 경찰에 신고를 하고 있었던 거죠.

경찰과 구급차가 와서 상황은 종료됐고 안타깝지만

남자 일행 중 두 명은 사망했다고 하더군요. 그리고 정말 충격적인 사실을 알게 됩니다. 그 남자 세 명은 그날 처음 만났다고 하던데 인터넷으로 알게 된 사이라고 했죠. 관리자 승인이 있어야 가입되는 인터넷 카페가 하나 있는데 마지막 선택을 하는 모임이라고 하는 겁니다. 그날 저녁에 노지 캠핑장을 찾은 이유도 극단적인 선택을 하러 온 거죠. 사람이 없을 줄 알고 찾은 곳인데 저희를 보고 계획이 틀어질까 봐 당황했던 겁니다.

저희와 술 한잔을 하고 나서 새벽 2시경 남자 일행들이 본인 텐트로 와서 자라고 했던 말이 계속 기억에 남는데, 본인들 계획이 실패할까 봐 저희까지 해하려고 했던 건지 아니면 어떤 이유로 그런 말을 했는지 너무 소름이 돋습니다. 만약 서슴없이 친구와 그 텐트로 갔더라면 어떻게 됐을지 너무 무섭네요. 요즘도 캠핑을 가긴 하지만 저에게 그 사건은 평생 잊을 수 없는 기억으로 남아 있습니다.

늦은 밤의 도서관

지금부터 시작하는 이야기는 제가 직접 겪은 실화입니다. 때는 2015년 10월, 고3 막바지 수능 공부를 할때입니다. 지금과 마찬가지로 그 당시 저는 몸무게 80킬로그램에 보통 이상의 체격을 가진 남자였습니다. 집에선 도저히 집중이 안 돼 수원에 있는 선경도서관에 공부를 하러 들렀죠. 도서관이 밤 11시에 문을 닫기에 늦게까지 공부를 하고 10시 30분이 넘어서 짐을 싸고 나

갈 준비를 했습니다.

저는 그날 교복을 입고 있었고 유선 이어폰을 끼고 노래를 들으며 도서관 출구로 향하고 있었어요. 3층 열람실에서 계단을 통해 2층으로 내려오는 도중 계단이 꺾어지는 중간층 지점에서 한 사람을 봤습니다. 검은색 모자와 흰색 마스크를 끼고 얇은 비닐 재질로 된 운동복을 입고 벽에 기댄 채 팔짱을 끼고 있는 사람이었죠. 그 사람을 보고 '다른 학생을 마중 나왔구나. 근데 왜 수상하게 얼굴을 다 가렸지?'라고 생각했죠. '뭐, 감기라도 걸렸나 보네' 하는 생각으로 출구 쪽으로 내려갔어요. 2층에서 1층 사이 계단이 꺾어지는 부분에서 곁눈질로 그 남자를 슬쩍 올려 보았는데 그 남자도 계단을 내려오고 있었죠. 그때까지만 해도 대수롭지 않게 생각했습니다. 한 가지 좀 의아하다고 느낀 건, 분명 누군가를 기다리고 있던 것으로 보였는데 혼자서 내려오는 게 이상하다면 이상했죠.

여러분도 간혹가다 안 좋은 느낌이 느껴질 때가 있

죠? 제가 그때 딱 그런 기분이었어요. 그리고 도서관 근처 동네에서 사건 사고가 많다고 흉흉한 소문이 돌았던 때라 더욱 느낌이 좋지 않았습니다. 저는 이어폰을 낀 채로 주머니에 손을 넣어 듣고 있던 노래의 볼륨을 최대로 줄인 뒤 "아, 혹시 볼펜 놓고 왔나……?"라고 혼잣말을 크게 하고는 그 자리에서 가방을 뒤졌습니다. 진짜 저를 뒤따라오는 건지 아니면 가던 길인지 보기 위해서죠.

　　그 남자는 저를 지나쳐 입구로 걸어가더라고요. 순간 오해를 했다고 생각하고 안도의 한숨을 내쉬며 저도 입구로 걸어갔습니다. 도서관 본관은 정문과 후문이 존재하는데 저희 집으로 가기 위해서는 후문이 훨씬 빨랐습니다. 당연히 저는 후문 쪽으로 걸어가고 있었죠. 그런데 후문 쪽 길가에 아까 본 그 남자가 등을 보인 채 고개를 숙이고 곁눈질로 저를 보고 있다는 걸 느꼈습니다. 그 순간 어찌나 무섭던지……. 도서관이 있는 행궁동은 지금이야 많이 발전해서 밝고 사람도 넘치지만 그 당시에는 오래된 동네에 한 집 건너 무당집이 있고 중범죄가 많이 일어나는 위험한 동네였습니다. 저는 곧장 발걸음을 돌려 정문으로 향했죠. 정문으로 나와도 후문과 연결이 되기 때문에 만날 수밖에 없는 길이었습니다.

도서관 정문을 나오니 역시나 제 앞으로 그 남자가 걸어가고 있었어요. 그 남자는 제 눈치를 보는 듯하며 저와 일정한 거리를 유지하며 제 앞으로 가고 있었죠. 한참을 걸어가던 중 양방향 골목길이 나왔는데 갑자기 그 남자가 오른쪽 골목길로 들어갔습니다. 그 모습을 보자마자 저는 곧장 왼쪽 골목길로 틀어서 걸어갔죠.

'내가 영화를 너무 많이 봐서 괜히 의심했나……?'

하면서 이어폰 볼륨을 올려 걸어가고 있었는데 갑자기 제 뒤에서 자동차 경적이 울렸습니다. 일반적으로 사람이 밤에 걸어가다 보면 뒤에 자동차가 있는 걸 모르더라도 라이트 불빛이 비춰지니까 자동차가 뒤에 있다는 걸 눈치채고 비켜주게 되는데, 그 불빛이 거의 보이질 않았어요. 뭔가 이상해서 뒤를 돌아봤는데 온몸에 소름과 함께 심장이 터질 듯이 무서웠죠. 제 뒤에는 아까 본 그 남자가 거리를 두며 따라오고 있었고 자동차는 그 사람에게 경적을 울린 것이었어요.

저는 이어폰 볼륨을 다시 낮추고 빠른 걸음으로 집으로 향했습니다. 그 분위기에 뛰게 되면 그 남자도 전속력으로 따라올 것만 같았기에 뛰지는 못하고 제가 할 수 있는 건 온 신경을 쓰며 빠르게 걷는 것뿐이었죠. 그날따라 어두운 골목길에는 사람 한 명 지나다니질 않았고 유일한 것은 대략 15미터마다 있는 주황색 가로등이 전부였어요. 밤 11시가 넘어가는 시간이었고 조용한 동네였기 때문에 걷는 소리는 또렷하게 들렸습니다. 그 소리는 스슥스슥 하는 소리인데 얇은 재질로 된 운동복이 허벅지 사이에서 마찰되며 걸을 때마다 스슥 하는 소리가 나는 거였어요. 더 무서웠던 건 제가 느리게 걸으면 똑같이 느리게 소리가 났고 빠르게 걸으면 그 소리가 빠르게 나던 것이었죠.

솔직히 제가 나이도 어리고 체격도 좋은 편이어서 한마디 하고 싶었지만 평소 싸움과는 거리가 멀었고 그 남자가 흉기라도 가지고 있으면 어떻게 하지 하는 생각에 앞만 보고 걸었습니다. 5미터 앞에 큰길이 보였고 조금만 더 가면 되겠다고 생각을 하는 찰나 뒤에서 스슥거리는 소리가 빨라졌습니다. 저는 미친 듯이 뛰어 큰길 코너를 돌면 보이는 슈퍼마켓으로 들어갔죠.

"살려주세요. 살려주세요, 아주머니. 저 좀 살려주세요. 누가 계속 따라와요."

거의 울다시피 아주머니께 도움을 요청했어요. 20분 정도 흘렀을까요. 유리창을 통해 밖을 쳐다보며 두리번거리다 지나가는 택시를 타고 급히 집에 도착했습니다. 집에 도착하자마자 부모님께 방금 있었던 일을 이야기했습니다. 그러자 부모님은 제 생각과는 다르게 사내자식이 호들갑이냐 하시더라고요. 특히 아버지는 무사했으면 됐다고 늦게 다니지 말라고만 말씀하셨어요.

그런데 그 일이 끝이 아니었습니다. 그렇게 한 달 후 수능도 끝났겠다 친구들과 오랜만에 PC방에서 게임을 하기로 했죠. 저희는 수원역 근처 PC방을 들어가게 되었는데 시간은 오후 5시 정도 됐을 거예요. 한참 게임을 하던 중 갑자기 사람들 비명이 들리더라고요. 친구들과 저는 무슨 일인지 싶어 의자에서 일어나 소리가 나는 쪽을 바라보았는데 너무 무서워서 그대로 의자 밑으로 숨어버렸습니다. 검은색 모자에 흰색 마스크 그리고 얇은 운동복 차림의 남자가 PC방에서 흉기를 들고 난동을 부리고 있던 겁니다.

다행히 손님 여럿이서 흉기를 뺏고 제압했죠. 그 일로 인해 PC방은 온통 피범벅이 되었고 손님 중 한 분은 119 구급대에 의해 옮겨졌지만 사망했다고 했습니다. 그 남자는 현행범으로 검거되었고 소문에는 정신분열증으로 입원을 했었다고 하더라고요. 그 일이 있고 며칠 동안 집에만 있다가 친구에게 연락을 한 통 받았습니다. 밥 한 끼 하자며 부른 친구가 만나자던 곳은 선경도서관 근처 순대국밥집이었습니다. 친구를 만나 밥을 먹고 도서관 근처를 지나치는데 그 남자의 기억이 떠오르는 것과 함께 소름 돋는 광경을 보고 말았죠. 그 남자를 따돌린 그 위치에 현수막이 걸려있었는데 여학생이 실종되었다는 문구가 적혀져 있었죠. 그 밑에는 실종된 시간과 날짜가 적혀 있었는데 제가 그 남자와 마주친 날짜와 일치했고 현수막에 적혀있는 시간은 11시 30분에서 12시……. 문득 생각이 들었습니다. 제가 슈퍼로 도망갔던 시간이 11시가 조금 넘었을 테니까 바로 그 직후에 일어났던 일이죠. 그 여학생은 어떻게 됐을지 아직까지도 무섭기만 합니다.

허가받지 않은
동거인

생각하면 아직도 무섭지만 벌써 13년이란 세월이
흘렀네요. 지금부터 시작하는 이야기는 저희 부부가 겪
은 이야기입니다. 때는 2009년으로 결혼 후 부모님 댁
에 얹혀살고 있었습니다. 이유는 크게 두 가지가 있었는
데, 첫째는 뻔하지만 금전적으로 부족했기 때문이고 둘
째는 저와 아내가 일하는 시간이 완전히 달랐기 때문입
니다. 정확하게 말하자면 저는 제조업 공장에서 저녁부

터 야간 일을 하고 있었고 아침에 퇴근하면 아내는 출근하고 없는 그런 일상이었죠.

　제가 혼자 끼니를 해결해야 해서 어머니가 걱정이 되셨던지 돈을 좀 모을 때까지 같이 지내자고 하셨습니다. 아내의 직업은 잡지사 기자였는데 직업 특성상 집에 있는 시간이 많지 않았습니다. 마감 일을 할 때는 일주일간 집에 들어오지 못하는 경우도 있었죠. 그렇게 2년이란 시간이 흘렀고 드디어 분가를 하게 되었습니다. 실은 떠밀려 나온 거라고 보면 될 것 같아요. 서로 너무 바쁘게 살다 보니 이게 결혼한 건지 뭔지도 모르겠고 결혼 2년 차가 되니 어머니가 2세 이야기를 계속 하시더라고요. 나가서 살면 좋은 소식이 있을 것 같다고 하시길래 결국 분가를 결정했습니다. 아내도 일을 좀 줄이고 저와 시간을 보내기로 했죠.

　아내와 저의 첫 거주지는 서울 마포구에 있는 13평짜리 오래된 빌라였습니다. 좀 더 좋은 곳으로 갈 수 있었지만 조그만 곳에서 생활하다 점점 좋은 곳으로 가자는 아내의 말을 듣고 그리로 간 것이죠. 아내의 직장 사무실과 가깝다는 이유도 있었고요. 2호선 아현역에서 내려서 약 20분간 오르막을 올라야 하는 위치였습니다. 산동네라는 단어가 어울릴 만한 곳이었고 한참을 끙끙대며 올라야 했지만 역설적이게도 반지하 집이었습니다. 다른 곳보다 집값이 저렴했던 탓인지 그 언덕에는 마을버스도 없었습니다. 그래도 당시는 20대여서 별문제가 되지 않았죠.

그런데 문제는 치안이었습니다. 아내는 평균적으로 저녁 8시 이후에 퇴근하는데 여자 혼자 어둡고 으슥한 곳을 올라야 하는 게 걱정이 많이 되었죠. 통화라도 해주고 싶었지만 제가 다니는 제조업 공장은 일하는 중에는 휴대폰 사용이 금지였고 2시간마다 10분씩의 쉬는 시간과 야식 1시간이 유일하게 휴대폰을 볼 수 있는 시간이었습니다. 그렇기 때문에 대부분 아내와는 카톡으로 대화하는 게 일상이었죠.

— 잘 들어갔어?

— 응, 이제 적응돼서 별로 안 무서워 괜찮아.

— 그래, 얼른 씻고 자.

다음 날 아침이 되어 퇴근했고 현관 입구 근처 화분이 있는 곳으로 갔습니다. 현관 잠금 장치는 디지털 도어락이 아니라 열쇠를 열고 들어가야 하는 문이었습니다. 열쇠가 2개였지만 하나를 제가 잃어버리는 탓에 그날 아내에게 화분에 열쇠를 좀 숨겨달라며 부탁을 했던 것이죠.

밤을 새며 일을 한 탓인지 씻고 나서 금방 곯아떨어졌습니다. 그리고 그날 저녁 출근 준비를 하고 있는데 아내에게서 연락이 오더군요.

"오빠 미안한데 나 일주일 정도 집에 못 들어갈 것 같아."

아내는 급히 마감해야 하는데 같이 일하는 동료가 말도 없이 그만둬버려서 비상이 걸렸다고 이야기를 하더라고요.

"그래……? 어쩔 수 없지."

"오빠 혼자 있으면 밥 챙겨 먹기도 그러니까, 일주일간 어머님 댁에 가 있을래?"

"알겠어. 열쇠는 화분에 놔두고 가. 시간 날 때 내가 복사해 놓을게."

뭐, 집에서 혼자 궁상떠는 것도 그렇고 해서 아내 말대로 퇴근 후 어머니 댁으로 갔습니다. 일주일 후 아내는 마감을 끝마치고 집으로 들어왔고 저도 퇴근 후 아내를 보게 되었죠. 마감을 끝내고 회사에서 휴가를 줬다더군요. 그날은 토요일이었고 다음 날 저도 쉬는 날이니 모처럼 시간을 같이 보내게 되었습니다. 같이 점심을 먹던 중 아내가 이상한 이야기를 했습니다.

"근데 오빠 있잖아……."

아내는 집에서 먹을 반찬거리를 인터넷으로 주문했었는데 급하게 마감 일정이 생겨버린 탓에 걱정이 많았다고 했죠. 배송기사님이 도착하실 시간에 아내는 당연히 사무실에 있었고 저도 그 시간에는 회사였으니까요. 게다가 저는 어머님 댁에 머물렀고요. 아내는 배송기사 님께 '집에 사람이 아무도 없으니까 도착하실 때 연락을 꼭 부탁드린다'고 했답니다. 반찬이 도착하면 잠깐 짬을 내서 집에 들러 후다닥 냉장고에 넣으려고 생각했던 것 이죠. 하지만 결국 연락은 오질 않았습니다. 아내는 배 송 과정에 뭔가 문제가 있어서 아직 안 왔나보다 생각하 고 집에 도착했는데 문 앞에 택배가 덩그러니 있었다죠. 식품이라서 이미 상할 대로 상해 있었어요. 아내는 화나 가서 택배 기사분에게 전화를 했는데 이상한 말을 하셨 다고 합니다. 아니, 오히려 화를 내셨다고 하더라고요.

"하, 참! 도착해서 전화하려는데 문 앞에 두고 가라 고 말하셨잖아요? 내가 잘못 들었나 싶어서 몇 번이나 문을 두드리니까, 집 안에서 남자분이 '그냥 문 앞에 두 고 가면 된다'고 하길래 놔둔 겁니다."

아내는 집을 착각하신 것 아니냐면서 재차 되물었 지만 택배 기사분은 저희 집 문 앞에 장미 모양 스티커가 붙어 있다는 사실도 기억하시더라고요. 이상하게 생각한 아내는 저에게 "오빠 그날 집에 있었어?"라고 물었어요. 당연히 아니었죠. 순간 소름이 돋더군요. 뭔가 느낌이 안 좋아서 경찰에 신고했지만 주변에 방범용 CCTV도 없으니 문단속 잘하라고 하시더라고요.

그런데 그 후로도 이해가 안 되는 일이 계속 생기기 시작했습니다. 저녁 10시가 다 되어 아내가 퇴근하고 집을 들어갔는데 설거지할 그릇이 꽤 있었다고 했죠. 말이 안 되는 게 아내와 저는 맞벌이라서 각자 먹은 그릇은 알아서 무조건 치우는 편입니다. 제가 지저분한 건 싫어하는 성격이라 설거지거리를 놔두고 회사를 가게 되면 찝찝해서 일도 안 잡힐 정도였죠. 그래서 꼭 하는 편입니다. 며칠간 계속 설거지가 쌓여 있길래 아내는 제가 바빠서 그런 줄로만 알고 있었다고 하더군요. 분명히 뭔가 있다는 수상한 느낌이 들었고 다음 날 아내에게는 말하지 않고 회사에 연차를 냈죠. 그날 저녁 설거지를 끝마치고 출근하는 척하면서 문밖을 나가 집 근처 으슥한 곳에 숨어 있었습니다. 아마 10분쯤 지났을 거예요. 어떤 남자가 주변을 두리번거리더니 빌라 현관으로 들어가길래 재빠르게 쫓아갔습니다. 아니나 다를까. 주머니에서 열쇠를 꺼내 저희 집으로 들어가는 겁니다. 그것도 휘파람까지 불면서 말이에요. 그 남자가 저희 집으로 들어간 후 곧장 경찰에 신고해 문을 열고 들어갔습니다. 그 남자는 저를 보고 깜짝 놀라더니 도망가려고 하는 겁니다. 결국 몸싸움을 하다가 출동한 경찰에게 검거되었죠.

알고 봤더니 그 남자는 아내가 다니던 직장에서 말도 없이 그만뒀다던 직장 동료였고 저희가 결혼하기 전부터 아내를 짝사랑했다고 하더군요. 같은 사무실에서 일하고 대화하니 자연스레 저희 부부의 생활 패턴을 알게 되었겠죠? 화분에 열쇠가 있었다는 사실도 함께 말이에요. 제가 열쇠를 두고 부모님 댁으로 갔던 일주일 동안 열쇠를 복사하고 수시로 드나들었던 것이었습니다. 제가 저녁에 출근하고 나면 아내가 들어오기 전까지 저희 집에서 밥도 먹고 TV도 보고 아내가 누웠던 침대에서 이상한 짓까지 했다고 하더라고요. 그리고 나서 아내가 들어올 시간에 나가서는 잠들 때 즈음 다시 들어와 옆방에서 잠까지 잤다고 했습니다. 저희 부부는 그 남자와 강제로 동거한 셈이죠.

그 일을 겪고 저희 부부는 너무 무섭더라고요. 아내는 바로 다른 회사로 이직했고 현재는 전업주부로 살고 있습니다. 10년이 넘은 일이지만 아직도 그날 기억은 생생합니다.

어릴 적
죽은 친구

20년 전, 제가 초등학교 시절 일입니다. 가장 친한 친구가 있었습니다. 4학년 때 친해져서 초등학교를 졸업하기까지 매일 보다시피 만났어요. 당시 집도 가까웠던 저희는 학교 앞 문방구 오락기에 앉아 게임도 하고 피카츄 돈까스도 사 먹고 그랬죠. 여느 초등학생이 그렇듯 저희도 다를 건 없었습니다. 중학교 입학을 앞두고도 저희는 어김없이 만나서 놀았어요.

그날은 친구가 100원을 빌려줬고 오락기에 앉아 게임하며 놀았습니다. 그리고 그날 밤 친구는 아버지와 함께 세상을 떠났습니다. 듣기로는 어려운 집안 형편에 어머니가 집을 나가시고 생활고를 견디지 못한 아버지가 친구 잘 때 연탄을 피웠다고 하더라고요. 전 어린 나이에 주변 사람이 죽는다는 걸 처음 겪어서 너무나도 충격이었습니다. 그것도 가장 친했던 친구가 죽었다는 사실이요. 한동안 멍하게 지냈던 기억이 나네요.

충격이 가시기도 전 저는 중학교에 입학했습니다. 초등학교 때부터 미술을 했던지라 선생님은 그것을 아시고는 저에게 교실 뒷편 환경 미화를 담당하게 하셨어요. 하지만 전 너무 하기 싫었고요. 그래도 어떻게 합니까. 하라면 해야죠. 수업이 마치면 학교에 남아 환경 미화를 하면서 친구 생각은 잠시 잊고 바쁘게 하루를 보내고 있었습니다.

그러던 어느 날, 어김없이 환경 미화를 마치고 늦게 집으로 들어와서 잠들었는데 꿈에 제가 다니던 초등학교가 나왔습니다. 당시 초등학교 정문에서 오른쪽을 보면 골목이 있었는데 그 골목 근처에는 친구가 살던 집이 있었고 저희 집은 그 골목을 빠져나와서 좀 더 걸어가야 했습니다. 꿈에서 전 집으로 가려고 자연스럽게 그 골목으로 걸어갔습니다. 그런데 골목 중간쯤 그 친구 집 앞에 어떤 남자아이가 등을 보인 채 가만히 서 있는 거예요. 저는 지나가면서 옆으로 흘깃 보며 남자아이 얼굴을 확인했는데, 저랑 친했던 그 친구였습니다.

"야! 여기서 뭐해!"

반가운 마음에 아무렇지 않게 말을 걸었어요. 제 기억에 친구는 얼굴이 검보라색이었어요. 생기라고는 전혀 없었는데 꿈이라 그런지 친구가 죽었다는 사실을 인지하지 못했고 마냥 반가울 뿐이었습니다. 저를 본 친구는 표정 변화 없이 "놀러 가자"고 하더라고요. 알겠다고 하고 친구와 다시 학교 쪽으로 방향으로 몸을 트는 그 순간, 등 뒤에서 어머니가 제 이름을 미친 듯이 부르셨어요.

"민수야 어디 가니! 어디 가냐고!"

그러면서 막 뛰어오시는 겁니다. 어머니는 재빠르게 달려와서는 제 손을 잡으셨고 그때 눈이 떠지면서 꿈에서 깼습니다. 이상한 건 분명 방에서 누워 있던 제가 엘리베이터 앞에 서 있었다는 거예요. 어머니는 갑자기 제가 밖으로 나가길래 따라와서 제 손을 잡고 계셨고요. 어머니는 저를 집으로 끌고 들어오셨어요. 거실에 저를 앉히고는 "너 어디가니? 어디 가려고 그랬니?" 하며 물어보시는데 제가 잠이 덜 깬 건지 어머니께 "친구 따라 가려고요"라고 말했습니다. 제 의지와 상관없는 발언이었어요. 어찌 보면 사실이죠. 꿈에서 친구랑 놀러 가려고 했으니까요. 어머니는 제가 잠꼬대한다고 생각하신 건지 빨리 가서 자라고 하셨고 그날은 아무 생각 없이 방에서 잤습니다.

다음 날 곰곰이 생각해보니 소름이 돋더라고요. 아무리 생각해봐도 엘리베이터까지 갔던 기억은 없거든요. 저는 그날 이후 고등학교 때까지 헛것을 굉장히 많이 봤습니다. 자다 일어나면 문 앞에 하얀 옷을 입은 남녀가 서 있는 걸 보고 부모님인 줄 착각해 '왜 그러시냐'고 허공에 물어본 적도 있고, 방문 구석에 얼굴만 내밀고 있는 남자아이도 봤죠. 시각, 청각, 그리고 꿈에서까지 종종 목격했습니다. 그래서 저는 문 앞에서는 절대 잠을 자지 않는 버릇도 생겼습니다.

그리고 사람이 떨어져 죽거나 차에 치여 죽는 모습을 유난히 자주 목격하게 되었죠. 그건 장소가 따로 없었습니다. 차에 치이는 걸 목격한 이후로 저는 자동차 트라우마도 생겨서 지금까지 운전면허가 없습니다. 이런 이야기를 부모님께 말씀드려도 봤지만, 믿지 않으셨어요. 헛소리하지 말라고만 하시더라고요.

그렇게 저는 고등학생이 되었고 사건이 터진 건 고3 수능이 얼마 남지 않은 날이었어요. 저희 가족은 새집으로 이사했는데 그날부터 누가 누르는 것처럼 허리에 통증이 생겼습니다. 어머니께 말씀드렸지만 대수롭지 않게 생각하셨고 저도 그냥 단순한 근육통이겠거니 하고 지냈습니다. 수능을 앞두고 있어서 미술학원을 잠시 쉬고 새벽까지 독서실에서 공부하다 오는 날이 거의 대부분이었습니다.

그날도 어김없이 독서실에서 나와 새벽 2시쯤 집에 와서 씻고 거울을 보며 머리를 말리고 있는데, 방문 쪽 천장에서 마치 대리석에 구슬을 던지는 소리가 나는 겁니다. 놀란 저는 굳어버린 채로 천장만 응시하고 있는데 그 소리가 점점 커지면서 머리 위로 다가오는 거예요. 저는 방에서 소리를 지르며 온몸을 떨고 난리도 아니었습니다. 어머니도 그때 놀라신 거같아요. 이런 모습은 처음 보셨거든요. 제가 위에서 이상한 소리가 난다고 하니까 어머니가 하신 말씀이 소름 끼쳤던 게, 아파트 입주를 시작한 지가 얼마 안 되서 아직 위에 사람이 없다는 거예요.

다음 날 어머니가 바로 점을 보러 가셨습니다. 다녀오신 어머니가 저에게 무당과 나눴던 이야기를 말씀해주셨어요. 무당이 "아들이 문제네. 네 아들이 입방정을 너무 떨어!"라고 했다더군요. 어머니는 입방정이 무슨 말인가 싶어서 모르는 척하며 이야기를 듣고 있으니까 "네 아들 어깨에 귀신이 올라타 있는데 아무 말도 안 해?"라고 했대요. 어머니는 그때 생각이 나셨다고 하셨어요. 제가 허리가 아프다고 한 걸요. 우리 아들이 무슨 입방정을 떠냐고, 그런 애가 아니라면서 어떻게 하면 되냐고 물어보셨는데 무당이 "너네 눈에 안 보이지, 다 듣고 있어"라고 했다는 겁니다. 사실 친구나 지인들에게 제가 본 신기한 것들을 말하고 다녔었거든요.

어머니는 그날 무당에게 부적을 받아오셨고 그 부적은 3년 동안 아무도 보여주면 안 되고 3년 뒤 아무도 보지 않는 곳에서 태워야 한다고 하셨습니다. 그리고 부적이 다 탈 동안 아무 말도 하면 안 된다고 당부하셨고요. 저는 3년 동안 그 부적을 잃어버릴까 봐 노심초사하면서 품에 지니고 다녔습니다. 전달받은 대로 3년 후 아무도 없는 곳에서 태우고 왔죠. 부적을 받고 나서, 그리고 태우고 난 후에도 다시는 그런 헛것을 보지 않고 잘 살고 있습니다. 그 사건 이후로 저희 어머니는 무당 말을 맹신하다시피 하세요.

담 넘어
도망친 사연

3년 전에 겪었던 일입니다. 당시 저는 수능 준비를 하고 있었어요. 고등학생은 아니었고, 좀 특이하게 군대를 전역하고 나서 다시 수능 준비를 하고 있었죠. 저는 용산구 이촌동에 있는 조그만 영어학원을 다니고 있었어요. 다른 과목은 그나마 자신 있었는데 영어가 많이 부족했거든요.

그날 친구와 이른 점심을 먹고 났으니 12시가 살짝

지났을 때였을 거예요. 학원 수업이 1시부터라 시간적 여유도 있어서 천천히 음악을 들으며 걷고 있었죠. 학원은 큰길가를 지나 골목 안에 위치하고 있었고 저는 좁은 골목길을 걷고 있었어요. 여기서부터는 너무 무서워서 기억이 흐릴 수 있습니다. 학원으로 향하던 골목에서 체크 무늬 원피스를 입은 여자가 제 옆을 지나갔습니다. 그 여자가 그냥 지나갔더라면 아무 생각을 안 했겠죠. 그런데 제 옆으로 지나가면서 곁눈질로 저를 무섭게 노려보는 걸 분명히 봤습니다.

무서운 일이나 소름 돋는 일은 대부분 해가 진 다음 어두워졌을 때 일어나잖아요? 그런데 낮 12시, 그것도 여름날에 소름이 돋는 건 살면서 그때가 처음이었습니다. 그 여자가 제 옆을 지나가고 느낌이 별로 안 좋아서 귀에 끼고 있던 이어폰을 잠시 빼려고 하는데 제 뒤로 또각또각 구두 소리가 빠르게 들려오는 겁니다. 곧장 뒤를 돌아보니까 아까 저를 노려보고 갔던 그 여자가 칼을 들고는 저에게 뛰어왔어요. 정말 너무 무서워서 아무 생각이 들지 않았어요. 남자가, 대낮에, 그것도 군대까지 다녀왔는데도 판단이 서질 않더라고요.

그 여자를 피해서 미친 듯이 뛰어서 도망갔죠. 너무 무서워서 그런 건지 순간적인 판단력이 흐려져서 그랬던 건지 학원 가는 쪽 골목이 아니고 반대편으로 뛰었어요. 지금 생각하면 왜 그랬는지 이해가 안 되지만요. 어쨌거나 반대편 골목으로 들어갔는데 머릿속이 하얗게 되었죠. 거기는 주택으로 막힌 막다른 길이더라고요. 여기 좀 있다가 진정되면 나가야겠다고 생각하며 숨을 돌리고 있는데 또각거리면서 미친 듯이 뛰는 구두 소리가 또 들렸어요. 그러면 안 되는데, 막다른 길이라 방법이 없어서 남의 집 주택 담벼락을 넘어가 숨었어요.

그런데 하필 그 집에는 개가 한 마리 있었고 저를 보더니 짖기 시작하는 거예요. 그 소리를 듣고 주인 아주머니가 나와서는 누구냐고, 당장 나가라고 하더라고요. 자초지종을 설명했는데 처음 보는 남자가 담벼락을 뛰어넘어 들어와 이상한 소리를 하고 있으니까 저를 빈

집털이범으로 착각하신 것 같았어요. 아주머니는 당장 나가라면서 경찰에 신고하겠다고 해서 그 집 문밖을 나오는데 그 여자가 서 있는 겁니다. 재빨리 아주머니에게 말했죠.

"아주머니 이 여자예요!"

그 아주머니는 문을 그냥 닫으시고 결국 주택 골목 끝에 칼을 들고 있는 여자와 저만 남았죠.

"왜 그러세요?"

그 여자는 저를 보고 기묘하게 웃더니 칼을 들이밀고 가까이 오는 겁니다. 여자를 피해 도망가려던 순간 칼끝이 옷에 스쳤고 다치진 않았지만 옷소매가 찢어졌어요. 저는 곧장 학원 방향으로 미친 듯이 달렸습니다. 위험한 순간은 이렇게 일단락되었어요.

다음날 뉴스를 보니 기사가 크게 났더라고요. 그 여자는 지나가는 사람들에게 이유 없이 흉기를 휘두르고 다녔다고 해요. 어떤 남성이 여자를 제압해서 경찰에 신고했고 사건은 마무리되었다고 했죠. 여자는 오전부터 칼을 들고 다니면서 수십 명에게 위협을 주고 다녔다던데 그중에 제가 있었던 거예요. 뉴스에서 그러는데 그 여자는 정신과 약물치료를 받았던 이력이 있고 정신병원에 입원했다가 이 사건이 일어나기 두 달 전쯤 퇴원했다고 해요.

만약 그 여자와 스쳐 지났을 때 귀에서 이어폰을 빼지 않았다면 정말 어떻게 됐을지 생각만 해도 끔찍한 일이었어요. 뒤따라오는 구두 소리를 못 들었을 테니까요. 상대는 여자니까 제압하면 되지 않냐고 하실 수도 있겠지만, 칼을 들고 무섭게 뛰어오는 여자를 눈앞에서 보신다면 아무 생각이 들지 않으실 거예요. 그 후로 체크 무늬 원피스를 입은 여자만 보면 저도 모르게 소름이 돋습니다.

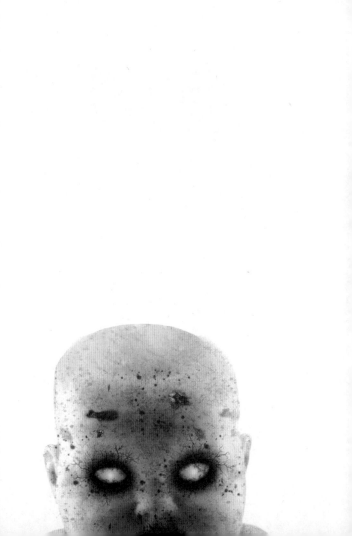

저주를 내리는
무당

지금으로부터 15년 전쯤 있었던 일입니다. 믿기 힘들겠지만 너무 무서웠던 경험이라 잊을 수가 없네요. 그 당시 30대 후반이던 저는 건설회사 현장직으로 일하고 있었습니다. 이 일을 하기 전 조그만 사업을 했는데 장사가 되지 않아 결국 문을 닫게 되었죠. 어린 나이도 아니고 경력도 부족했기 때문에 갈 만한 곳은 몸을 쓰는 현장직이 유일했습니다.

살면서 이런 일은 처음 해보는 거라 많이 서툴고 실수가 잦아 현장에 있는 작업관리자에게 욕을 많이 먹었죠. 마음 같아선 그만두고 싶었지만 사업 실패로 인한 빚 때문에 힘들어도 꾹 참고 지냈습니다. 사람은 적응하는 동물이라고 반년간 일하다 보니 점차 숙달되더군요. 사업 실패를 하고 나서 친구나 지인 누구도 만나지 않고 일만 했는데 그래도 조금 숨통이 트이기 시작했습니다. 그래서 그때쯤 군 생활 때 알게 됐던 친구를 만나기로 했죠. 딱히 어떤 이유가 있어서 만난 건 아니고, 세상 사는 이야기도 하고 얼굴도 보려던 참이었습니다.

근처 횟집에서 소주 한잔하면서 이야기를 나눴는데 친구는 보험회사 영업직으로 근무한다고 하더군요. 저는 보험 가입이라도 해줘야 하는 거 아니냐며 농담하다가 친구에게 이상한 이야기를 듣게 되었습니다. 영업을 하다 보면 여러 사람을 만나게 되는데 그 사람은 진짜 기억에 남는다고 하더라고요.

2달 전쯤 경로당 어르신들을 만나 뵙고 보험 가입

차 전남 구례 쪽으로 출장을 가게 됐다고 합니다. 친구는 일을 마무리하고 차에 올라탔는데 어르신 한 분이 친구에게 다가와서 이야기하셨다고 했죠. 어르신은 보험 가입할 사람이 한 명 더 있는데 같이 좀 가자고 했다더군요. 친구는 어르신이 가리키는 방향으로 출발했고 대략 10분 정도 걸렸다고 합니다.

도착한 곳은 파란색 철문으로 된 옛날 시골집이었어요. 어르신은 들어가지 않고 문 앞에 서서 전화를 하셨다고 했죠. 친구는 그 상황을 가만히 보고 있었고 잠시 후 집주인으로 보이는 중년 여자분이 나오셔서 들어오라고 했다고 합니다. 집으로 들어가자마자 뭔가 섬뜩한 기분을 느꼈는데, 그도 그럴 것이 집안 곳곳에 이상한 부적들이 붙어 있고 낮인데도 불구하고 붉은색 조명 때문인지 굉장히 어두웠다고 했죠. 처음에는 무당집인 줄 알고 혹시 점 보는 곳이냐며 여쭤봤더니 무속인은 아닌데 비슷한 업종이라고 애매하게 말했다고 하더군요.

친구는 업무를 끝내고 인사를 하고 나가려는데 중

년 여자가 친구를 보면서 말했다고 합니다. 인생 살면서 타인에게 복수하고 싶으면 꼭 찾아오라고 몇 번이나 이야기했다고 하더라고요. 보험영업을 하면서 이런 분은 처음 봤고 집안 분위기부터 충격적이라 기억에 남았다고 이야기를 했습니다. 친구는 복수하고 싶은 사람 없냐면서 농담처럼 말하고는 술자리를 끝냈죠.

그 친구를 만나고 두 달 정도 지났을 때 현장 소장님이 바뀌게 됐고 작업 조건이 까다롭게 변했습니다. 기본적인 출퇴근 시간부터 변경됐고 작업 물량도 엄청나게 늘어나게 되었죠. 같이 일하는 분 중 현장에서 최고 참 형님이 계셨는데 나이는 지긋하게 드셨지만 힘도 좋으시고 일을 정말 잘하시는 분이 있었습니다. 평소 실수가 거의 없는 분인데 그날 작업을 하다 실수를 하는 탓에 계획된 작업 시간이 늘어나게 되었죠. 그때 아들뻘로 보이는 현장 반장이 와서 반말로 욕을 하는데, 형님이 죄송하다고 몇 차례 이야기했지만 입에 담질 못할 욕을 하더라고요. 그것도 주변 사람들이 다 있는데서 욕하니까 듣는 사람도 민망하고 도저히 안 되겠다 싶어 한마디 했습니다. 책임지고 마무리할 테니까 욕 좀 그만하시면 안 되냐고요.

그랬더니 저를 불러서 족장 설치팀으로 가라고 하더군요. 족장 설치는 현장직 중에서 힘든 업무고 추락 위험이 있어 기피하는 일인데 반장에게 찍혀 그리로 가게 된 겁니다. 어차피 같은 현장이라 크게 문제는 없었지만 일보다 힘든 건 이유 없는 언어폭력이었죠. 반장은 유독 저에게 힘든 일을 시키고 시비를 걸었습니다. 모른 척하고 넘기려고 했지만 정신적으로 너무 힘들더군요. 정말 그만두고 싶었지만 다른 현장으로 간다고 해도 바로 취업할 수 있는 것도 아니라 최소 일주일은 일을 못하기 때문에 쉽게 결정을 내리지 못했죠. 그 시기에 스트레스를 너무 받아서 그런지 탈모까지 생길 정도였고 사람이 얼마나 싫었으면 죽을병이라도 걸렸으면 좋겠다는 극단적인 생각까지 했습니다.

그러다 문득 보험 하던 친구의 말이 생각났고 평소

미신 같은 건 믿지 않는 편이지만 지푸라기라도 잡는 심정으로 친구에게 연락했습니다. 그리고 전남 주례로 내려가게 됐죠. 시골집이 모여있는 동네였고 한참 걸어가다 파란색 대문을 보고 여기다 싶었습니다. 초인종은 오래전에 고장 난 건지 눌러도 응답이 없었고 저는 철문을 두드리면서 문 앞에 서 있었죠. 집안에 사람이 없는지 한참을 기다려도 인기척이 없었고 헛걸음을 했다고 생각하며 그냥 돌아가려는데 맞은편 집에서 할아버지 한 분이 나오시더군요. 뭐 때문에 왔냐고 물으시길래 파란색 대문을 가리키며 여기 살고 있는 주인을 만나러 왔다고 답했죠.

할아버지는 어디론가 전화를 걸었고 잠시 후 파란색 대문이 열리면서 친구가 말한 중년 여자가 나오더군요. 그리고 아무것도 묻지 않고 그냥 들어오라고 했습니다. 친구에게 들은 대로 조명이 때문에 낮인지 밤인지 구분이 힘들 정도였어요. 집안 곳곳에 부적이 여러 개 붙어 있었고요. 중년 여자는 저를 보고 누가 소개해줬냐며 물었고 저는 상황을 설명했습니다. 제 이야기를 듣고 좋은 방법이 있다고 하면서 책상 서랍에서 지푸라기로 만든 인형을 꺼냈죠. 그걸 보고 나서 어이가 없었지만 속는 셈 치고 지켜보기로 했습니다. 지푸라기 인형에 혼을 집어 넣으면 저주가 가능하다고 황당한 말을 하더라고요.

누구를 저주하고 싶냐고 묻길래 작업반장 이야기를 꺼냈고 중년 여자는 인형에 바늘을 꼽고 혼잣말을 시작했죠. 그리고 마지막으로 저주 대행을 진행하려면 돈이 필요하다고 이야기하던데 후불제고 효과가 있으면 입금하라고 하더군요. 그 당시 100만 원이라고 했으니 지금으로 따지면 직장인 한 달 월급 정도 되는 금액이었습니다. 돈도 돈이지만 그냥 미신이라고 생각했고 후불제이기까지 하니 '무슨 일이 생기겠냐'며 안일하게 생각했죠. 제가 일하는 위치, 반장 이름과 사진을 알려주고 이야기를 끝냈습니다. 그 집을 빠져나오면서 상담했던 탓인지 답답한 게 조금은 풀리더군요.

그리고 정확히 일주일이 지났을 때 사건이 터졌습니다. 작업반장이 집으로 가다 묻지 마 폭행을 당했다고 하는데 전치 4주 부상을 입었다고 하더라고요. 그때 기분은 정말 찝찝하고 이상했습니다. 한 달이 지나 반장이 출근했고 우연히 이야기를 듣게 되었죠. 묻지 마 폭행을 당하고 나서 경찰에 신고했는데 범인은 외국 사람이라고 했다더군요. 그런데 이미 출국을 해버려서 수사에 어려움을 겪고 있다는 그런 이야기였습니다. 우연인지 모르겠지만 제가 그곳에 다녀오고 그런 일이 발생한 게 정말 섬뜩하다는 생각이 들었죠. 제가 찾아갔던 그곳에서 계획적 범죄를 저지른 건 아닌지 의심이 들었지만 그 문자를 받기 전까지 우연이라고 생각했습니다.

　반장이 출근했던 그날 밤, 저에게 문자가 한 통 왔는데 처음 보는 번호였고 상단에는 은행 계좌번호, 아래에는 계속 진행할 거냐는 내용이었죠. 정말 혼란스럽고 무서웠습니다. 제가 의심했던 게 사실이었으니까요. 저는 두 번 다시 하지 않겠다고 답장했고 입금을 안 하면

이보다 더한 일도 할 것 같은 기분에 곧바로 돈을 보냈습니다. 그리고 다음 날 반장 얼굴을 보기 힘들어 일을 그만두고 한동안 힘든 날을 보냈습니다.

15년 전 화가 나는 마음에 찾아갔던 곳인데 그런 곳인지는 상상도 하지 못했고 만약 알았더라면 하지도 않았겠죠. 그 당시 저는 보복을 당할까 봐 신고도 하지 못했고 후회와 죄책감에 아무것도 하지 못했습니다. 지금도 그런 곳이 있는지는 모르겠지만 저에게는 정말 무서운 경험으로 남아 있습니다.

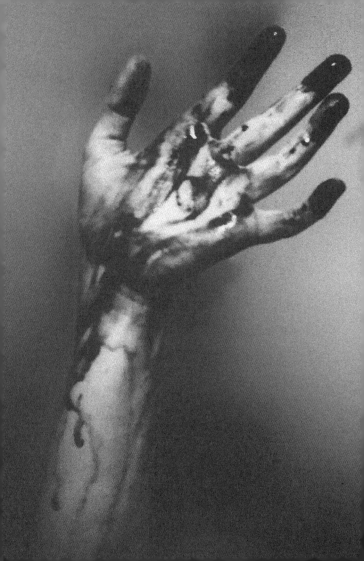

인천행 버스 막차

제가 대학교 2학년 때 일입니다. 1996년 봄이었던 걸로 기억을 합니다. 인천에 사는 저는 학교가 수원에 있어서 전철을 타거나 터미널에서 직행버스를 타고 왕복하곤 했습니다. 지금은 없어졌지만 인천 용현동에는 터미널이 있었어요. 만약 전철을 타고 등교하려면 집과 도보로 15분 거리인 이 터미널에 가서 버스를 타고, 전철역까지 가서 국철을 타고, 서울까지 가서 다시 1호

선으로 수원을 가야 했어요. 한번 가는 데만 3시간 정도 걸리는 긴 전철 여정이었죠. 전철을 포기하고 직행 버스를 타면 1시간에서 1시간 20분 정도에 갈 수 있으니 저는 비싸더라고 시간을 아낄 수 있는 이 방법을 택하는 빈도가 잦았습니다.

집에 돌아오는 시간은 항상 늦었습니다. 전공 작업 때문에 늘 막차를 타고 돌아오곤 했기 때문입니다. 그러던 어느 날 가벼운 비가 추적추적 내리던 쌀쌀한 밤이었습니다. 그날도 막차를 타도 늘 앉던 자리에 앉아 창문에 기대어 자고 있는데, 뭔가 쿵 하는 큰 소리가 났습니다. 그 소리에 놀라 주변을 살펴보았는데 버스는 아무 일 없었다는 듯이 잘 달리고 있었습니다. 사람들도 제각기 너무 잘 자고 있는 고요한 버스 안에서 저는 혼자 잠결에 들은 그 소리가 너무 선명하여 한동안 놀란 심장을 달래야 했습니다. 저만 이상한 소리를 들은 것 같은 이질감에 다음 날 신문과 뉴스를 기다려봤지만 도로에서 사고가 났다는 내용은 없었습니다.

그리고 며칠 뒤 역시 음산하게 비가 오는 밤이었고 같은 시간 버스 막차를 타고 인천으로 가고 있었죠. 잠깐 꾸벅꾸벅 졸았을까. 역시 굉장히 큰 소리가 나서 눈을 번쩍 떴는데 버스와 창문 밖 도로에는 아무런 문제도 없었습니다. 그 뒤로 비가 오는 밤의 막차에 타면 어김없이 그 굉음에 잠을 깼습니다. 여러 차례 반복되자 저는 소리가 나는 지점이 항상 같은 곳이라는 걸 알게 되었습니다. 그 사실을 깨닫자 소름이 돋아서 비 오는 날은 힘들더라도 전철을 타고 갈 마음이 들 정도였습니다.

　　한동안은 좋은 날씨가 계속 되었는데 어느 날 예상하지 못한 비를 만났습니다. 우산도 가져오지 않았기에 저는 어쩔 수 없이 직행 버스를 선택했습니다. 물론 막차였죠. 늦은 시간 버스를 타면 버스에서 느껴지는 진동이 마치 자장가 같죠? 그런데 그날은 피곤했지만 웬일인지 잠이 오지 않았습니다. 마치 무슨 일이 일어날 것 같은, 가슴이 조마조마한 예감에 말이죠. 그렇게 한참 버스를 타고 가던 중 '콰앙!' 하는 소리가 났습니다. 동시에 저는 고개를 번쩍 들어 창밖을 봤고 역시나 예전과 같은 곳이라는 것을 확인했습니다. 그런데 오늘은 지금껏 미처 보지 못한 것을 확인했습니다. 눈앞에는 '사고 다발 지역'이라는 표지판이 스쳐 지나갔습니다.

"사고 다발 지역? 여기가?"

흠칫 놀라고 있는데 갑자기 앞자리 남자가 화들짝 놀라 주변을 마구 살폈습니다.

"뭐, 뭐야? 사고 난 거야?"

저만 들었던 게 아니었습니다. 남자는 자기 외에 들은 사람이 없는 거 같아 보여 당황스러워하더군요. 그 모습은 제가 굉음을 처음 들었을 때와 같았습니다. 하지만 이 남자는 저보다는 용감했는지 사람들에게 사고 소리 들었냐며 대형 사고인것 같다고 물었습니다. 물론 그 말에 제대로 답변하는 사람은 없었습니다. 전 용기를 내서 그 남자에게 나도 들었다고 말하려고 했는데 차마 입이 떨어지지 않았습니다.

이윽고 버스는 종점에 도착했고 모두 내리기 시작

했습니다. 제 앞에 앉았던 그 남자가 자연스럽게 제 앞에 서게 되었는데 버스 기사 아저씨가 뒤늦게 내리는 그 남자를 손짓으로 잡고는 이러는 겁니다.

"아까 승객들이 불안해할까 봐 말 안 했는데…….
그 자리에서 사고 소리 듣는 사람들이 종종 있어요. 꼭 그 자리에서 소리를 듣고 놀라더라고."

역시 저 혼자 들은 환청이 아니었습니다. 제가 경험했던 것처럼 비 오는 날 저녁 인천행 버스 막차 승객 중 잠결에 그 소리를 듣고 놀라는 사람이 꽤 된다는 것이었습니다. 바로 그 사고 다발 지역을 지날 때마다 제가 들은 그 소리는 분명 운전자나 그 차의 탑승자가 사망했을 정도로 굉장한 소리였습니다. 아직까지 저는 그곳에서 그만큼 큰 사고가 났었는지 잘 모릅니다. 하지만 운전기사 아저씨 말씀대로 저와 제 앞자리의 남자는 그 소리를 동시에 들었고 저는 그 자리에서, 그것도 비 오는 날 막차를 타면 어김없이 그 굉음을 들었습니다. 10년이 지났는데도 저는 여전히 그 엄청난 소리를 잊을 수

없습니다. 그리고 그 소리와 함께 찾아오던 오싹한 느낌
도……. 어쩌면 사고가 난 차는 아직도 비 오는 날마다
같은 사고를 되풀이하는 걸지도 모릅니다. 단지, 우리에
겐 소리만 들릴 뿐.

우편물 속의 남자

저는 충남에 거주하는 결혼 10년 차 주부입니다. 9살 딸아이가 있죠. 이야기는 4년 전, 그러니까 딸아이가 5살이 될 무렵에 일어났습니다.

결혼 초기에는 남편과 맞벌이를 하다가 아이를 출산하며 저는 전업주부가 되었습니다. 아이가 유치원에 다닐 때 저는 40대 나이에 편의점 알바를 시작했습니다. 아이가 방학을 맞이했고, 저희 집과 10분 거리에 살고 계신 친정엄마에게 딸아이를 맡기게 되었습니다. 종일 맡기는 건 아니고 오전 시간만 봐달라고 부탁드렸습니다. 남편은 출장이 잦고 출퇴근 시간이 불규칙적이라서 어쩔 수 없는 선택이었죠.

오랜 기간 집안일과 육아를 하며 사회 경력이 단절되었던 터라 걱정되긴 했지만, 한편으로는 뿌듯하기도 했습니다. 스스로 돈을 벌어 뭔가 할 수 있다는 설렘과 저를 필요로 하는 곳이 있다는 생각에 좋았던 것 같습니다. 비록 편의점 알바에다가 수입도 많지 않은 일이지만 최선을 다했죠.

일주일이 지났을 때였습니다. 편의점에서 오전 7시부터 낮 12시까지 파트타임으로 일하는데 오전 11시쯤 친정엄마로부터 전화가 오더군요. 아이가 많이 놀란 것 같다면서 말씀하시는데 자세한 건 일 끝나고 집에 가서 이야기하자고 했죠. 일반 직장이었으면 양해를 구하고 집으로 가겠지만 편의점은 다음 교대 근무자가 올 때까지 기다려야 하기 때문에 초조하게 기다리고 있었습니다. 시간이 흘러 퇴근이 30분도 남지 않았지만 그 당시 느낌은 1분이 1시간처럼 더디게 가더군요.

잠시 후 교대 근무자가 도착했고 인수인계 후 곧장 집으로 갔습니다. 문을 열고 들어가자마자 아이는 잠이 들어있었고 친정엄마가 한숨을 쉬며 저에게 말하시더군요. 그날 오전 친정엄마는 아이 밥을 챙겨주고 오전 10시쯤 집 근처 놀이터에 데리고 갔다고 합니다. 걸어서 10분 정도 거리였고 가는 길에 조그만 마트가 있었는데 맞은편에서는 상가 철거 공사를 하고 있었다고 합니다. 아파트 단지 내에 있는 놀이터라 이른 시간에도 아이들이 꽤 있었다고 하더군요.

아이는 한참 뛰어놀다가 목이 마르다고 했답니다. 그제야 친정엄마가 음료를 챙겨놓고 깜빡 잊어버린 걸 알게 되었다고 하셨죠. 아이가 목이 마르다고 자꾸 보채니까 순간적으로 판단이 흐려지신 건지 모르겠는데 "할머니가 마트 가서 얼른 사 올 테니까 놀이터에서 놀고 있어"라고 했답니다. 아이는 알겠다며 고개를 끄덕였다고 했죠. 친정엄마는 놀이터에 다른 아이들도 있었고 그 아이들의 보호자로 보이는 아주머니들도 있었기 때문에 큰 문제가 없을 거라고 생각하셨다고 합니다. 그리고 마트가 바로 앞이라서 갔다 오는데 5분이면 될 정도로 가까운 거리였거든요. 그 사이에 별일 있겠나 싶어서 빠른 걸음으로 다녀오셨다고 합니다.

그런데 음료를 들고 놀이터에서 아이를 찾는 순간 심장이 내려앉는 기분이 들었다고 하더군요. 아무리 찾아도 놀이터에 아이가 없는 겁니다. 친정엄마는 너무 놀라서 놀이터에 있는 아주머니들에게 물어봤지만 다들 모르겠다고 하시더군요. 그래서 같이 놀던 아이들에게 물어보니까 한 여자아이가 말하더군요. 조금 전에 어떤 아저씨와 같이 갔다고요. 그 소리를 듣고 나서 친정엄마는 아이 이름을 부르고 미친 듯이 찾아다녔다고 합니다.

그러다 20분 정도 지나서 아이를 발견했다고 했죠. 아이는 철거 공사장 앞에서 울고 있었고 친정엄마는 아이를 안고서 괜찮냐고 달래주고 있는데 그때 아이가 말

146

없이 손가락으로 누군가를 가리켰다고 하더군요. 30대로 보이는 남자였는데 날카로운 인상이라 눈에 확 띄었다고 합니다.

아이를 데리고 집으로 왔고 손을 씻기고 옷을 갈아입히는데 친정엄마가 깜짝 놀랐다고 했죠. 아이 허벅지 양쪽이 벌겋게 부어있었는데 놀이터에서 놀다가 생긴 건 아닌 듯 보이고, 누군가 허벅지를 세게 만져서 부어오른 상처로 보였습니다. 그리고 아이를 씻기고 잠이 들었을 때 제가 들어온 거였죠.

그런데 일주일 정도 지나서 정말 화가 나고 끔찍한 일이 생겼습니다. 편의점 알바를 가기 전 아이를 친정엄마께 데려다주려고 집을 나왔는데 우편함에 뭔가 들어있었죠. 우편물을 뜯어보니 우리 동네에 성범죄자가 이사를 왔다는 통보물이 들어있었습니다. 그걸 보고 기분이 섬뜩하더군요. 아이를 데려다주며 친정엄마에게도 우편물을 보여줬는데 섬뜩한 이야기를 하시는 겁니다. 우편물 안에 있는 성범죄자 신상정보와 그 옆의 사진……. 분명 이 남자를 본 기억이 있다고, 어디서 본 것 같다고 하시면서 한참을 생각하시더군요. 그러다 생각이 나셨는지 말씀하셨죠. 그 남자는 마트 맞은편 철거 공사 현장에 있던 남자라고요. 보자마자 인상이 날카로워서 기억에 남았다고, 그 당시 아이가 손가락으로 가리키던 남자라고 말씀하셨어요.

저는 그날부터 편의점 퇴근 후 공사 현장 주변을 찾아가 우편물에 있는 사진 속 남자가 여기에서 일하는 게 맞는지 확인해보기로 마음먹었습니다. 이틀째 되던 날, 그 남자를 제 눈으로 확인했고 친정엄마가 봤던 남자가 성범죄자인 게 확실해졌죠. 저는 모든 사실을 인터넷 카페에 올렸고 아파트 단지와 주변에 사는 엄마들이 힘을 모았습니다. 며칠 후 다 같이 철거 현장으로 찾아가 성범죄자 때문에 불안해서 못 살겠다고 시위했고 결국 그 남자는 해고되었습니다. 동네에 소문이 퍼져서 이사를 간 것으로 추측이 되는데 확실하지는 않습니다. 도대체 그날 아이에게 무슨 짓을 했는지 알 수가 없어서 정말 화가 나고 미칠 노릇입니다. 아이에게 트라우마가 생기게 된 건지 그날 이후로 공사하는 소리, 시끄러운 기계음, 그리고 아저씨들을 보면 경계하거나 무서워합니다. 아이 아빠는 지갑 속에 그 남자 사진을 들고 다니며 눈에 보이면 용서 안 한다고 할 정도로 힘들어하고 있습니다.

재벌집 사모님

저는 결혼 5년 차에 아들 하나를 둔 주부입니다. 삼 남매 중 첫째로 자랐던 탓인지 어릴 때부터 집안일과 방 청소를 도맡아 했죠. 부모님은 맞벌이를 하시느라 항상 바쁘셨고 동생들 끼니까지 챙겨줘야 했습니다. 맏언니 로서 책임감 때문인지 여자치고는 조금 늦은 나이에 결 혼을 하게 됐죠.

행복할 줄만 알았던 제 인생에 아주 커다란 위기가

오고 말았습니다. 사건은 제가 가사도우미 일을 시작하게 되면서 시작됩니다. 저는 20대 사회초년생 시절 평범한 회사를 다녔어요. 일로 인한 스트레스와 직장 내 사람 관계 때문에 늘상 우울감에 빠져 살고 있었죠. 그러다 도저히 안 되겠다 싶어 퇴사하고 집에서 쉬고 있는데 제 소식을 들은 작은엄마에게 연락이 왔습니다.

작은엄마는 일당을 받으면서 청소 일을 하고 계셨는데 집에만 있지 말고 나오라고 하더라고요. 카페에서 작은엄마를 만나 이야기를 나누었고 그때부터 청소로 돈벌이를 하게 됩니다. 처음에는 '집에서 놀고 있을 시간에 용돈이나 벌자'는 생각이었고 한 달 정도만 하다가 그만둘 생각이었죠. 아무리 직업에 귀천이 없다고 하지만 20대 젊은 나이에 청소 일을 시작하려니 고민되었거든요.

그런데 막상 하다 보니 스트레스도 풀리고, 맡은 일만 하면 되니까 직장 다닐 때처럼 사람 관계에 대해 신경 쓸 것도 없더군요. 무엇보다 하는 만큼 버는 시스템이라 마음에 들었죠. 작은엄마를 따라 1년 정도 일했을 때 저에게 좋은 기회가 찾아왔습니다. 그건 일반 가정집에서 가사도우미로 일하는 것인데 월급제로 돈을 받을 수 있으니 청소업체에서 일당을 받으며 일하는 것보다 수입이 안정적이었고, 월급도 높아서 정말 좋은 조건이었죠.

이 일을 계기로 이후 12년 동안 쉬지 않고 열심히 일했습니다. 이 바닥에서 나름 베테랑이라 자부하고 있었죠. 그러던 중 제가 40대 초반이 되었을 때 굉장히 좋은 조건의 스카웃을 받게 되었습니다. 예전에 같이 일하던 청소업체 사장님이 연결해준 곳이었는데, 파주에 있는 단독주택이라고 하더군요.

면접을 보기 전에 미리 들었던 내용으로는 50대 부부가 사는 주택이고 엄청난 재벌집이라는 거였습니다. 사장님은 대기업 임원이라고 했고 사모님은 의류 사업을 크게 하는데 매출이 상상할 수 없을 정도로 많다고 들었습니다.

당시 기준으로 가사도우미 시급은 1시간에 1만 원, 4시간에 4만 5,000원으로 측정됐는데 제가 받은 스카웃 조건은 주 6일 근무에 월급을 500만 원이나 준다고 하더군요. 설레는 마음으로 면접 날만 기다렸고 드디어 그날이 되었습니다.

저는 최대한 단정하게 옷을 입고 파주에 위치한 주택 앞에 도착했죠. 고급스러운 신축 주택에 넓은 마당, 그리고 주차장 안에는 비싸 보이는 수입차가 있더군요. 초인종을 누르니까 가사도우미로 보이는 여자분이 나와서 반겨주었고요. 집으로 들어가서 사모님과 간단한 이야기를 했습니다. 근무 시간은 오전 6시부터 오후 2시까지에 아침과 점심 준비만 하면 된다고 했죠. 가사도우미는 저 포함 2명이었는데 혼자서 하는 게 아니라 그나마 안심이 되더군요.

이렇게 해서 몇 가지 주의사항을 듣고 일을 시작했습니다. 이런 큰 집에서 일하는 건 처음이라 긴장이 되었지만 지금까지 일해본 경력 덕분인지 실수 없이 일했고 그 집에서 점점 신뢰를 쌓아가던 중이었죠. 한 가지 이상했던 건 가사도우미가 자주 바뀐다는 점이었어요. 기존에 있던 분도 일한 지 3개월밖에 안 됐다고 해서 뭔가 문제가 있을지 모르겠다고 생각했습니다.

한 달이 지나고 첫 월급을 받았어요. 그 다음날 점심을 준비하고 있는데 사모님이 방으로 부르더군요. 그리고 갑자기 중요한 이야기라고 하면서 한 가지 제안을 하는 겁니다. 이번에 중국 쪽 수출 사업을 준비하고 있는데 투자 금액의 두 배를 돌려주겠다고, 돈 있으면 투자하라고 하더군요. 저는 사모님에게 그런 쪽은 잘 모르며 모아둔 돈도 많이 없다고 말씀드렸죠. 그러니까 안타까운 표정을 지으면서 좋은 기회인데 아쉽다고 하더라고요.

집으로 가면서 사모님이 했던 말이 계속 생각이 나고 머릿속에서 지워지지 않았습니다. 계속 생각이 날 수밖에 없더라고요. 저도 한 아이를 키우는 입장인데, 내 아이를 좀 더 좋은 환경에서 키우고 싶은 욕심은 누구라도 있잖아요. 그럼 돈이 필요한 법이고요. 게다가 좋은 집에서 일하다 보니 점점 돈 욕심이 나더라고요.

집으로 가서 남편에게 이야기하려고 했으나 워낙 성격이 불같고 다혈질이라 무조건 반대를 할 것 같았습니다. 어떻게 보면 처음이자 마지막 기회일 수도 있겠다는 생각이 들었고 혼자서 며칠을 고민한 뒤 사모님에게 찾아가 이야기했죠. 저번에 이야기했던 해외 수출 사업에 투자할 수 있냐고요. 그런데 그건 이미 끝났다고 하더군요. 저는 아쉬워하면서 방에서 나가려고 하니까 더 좋은 투자 건이 있는데 마지막 기회라고 하는 겁니다. 그래서 곧장 알겠다고 했고 제가 모은 돈과 집을 담보로 대출을 받아 2억이란 돈을 마련했죠. 다음 날 그 돈을 사모님에게 줬고 한 달만 기다리면 수익이 엄청날 거라고 말하더군요. 투자를 하고 나서 10일, 20일…… 설레는 마음으로 일했고 투자금을 받는 날만 기다렸죠.

그런데 한 달이 지나고 두 번째 월급날이 다가왔을 때 사건은 일어나게 됩니다. 여느 때처럼 새벽에 일어나

출근했는데 그날따라 집 안이 조용하더군요. 사장님과 사모님이 늦게까지 주무시는 줄 알고 혼자 아침을 준비 중이었죠. 그런데 시간이 지나도 저랑 같이 일하던 가사 도우미가 출근을 하지 않는 겁니다. 뭔가 이상한 느낌이 들어서 사모님 방에 노크를 했지만 응답이 없더군요. 그 래서 방문을 천천히 열었더니 아무도 없는 겁니다. 그때 까지는 일이 있어서 외출한 거라 생각했고 집에서 기다 리고 있었는데 9시쯤 누가 찾아오더군요.

부동산 업자라고 하던데 저 보고 여기서 뭐하냐고 묻는 겁니다. 그래서 일하는 도우미라고 하니까 그런 건 모르겠고 여기서 빨리 나가라고 했죠. 정말 믿을 수가 없었지만 그제야 현실을 깨닫게 되었습니다. 부동산 업 자가 하는 말이 이곳은 단기 임대주택인데 전에 살던 부 부는 어제 일자로 계약이 종료되었다고 하더군요.

그 말을 듣고 충격을 받아 울면서 경찰서에 신고했 고 한 달 뒤 그들의 정체를 알게 됐죠. 고급스러운 임대 주택을 빌려 재벌인 척 연기하면서 높은 급여로 가사도우미를 채용한다고 합니다. 그리고 가족처럼 대해주고 안심시킨 다음 투자 목적으로 돈을 뜯어내는 중국 쪽 사기 집단이라고 하더군요. 정말 치밀한 건 같이 일하는 가사도우미도 한패라고 하던데 꿈에도 상상하지 못했죠.

그 사건이 터지고 나서 집안은 난리가 났고 남편과 이혼까지 생각하면서 너무 힘들게 살고 있습니다. 사기 조직은 아직 검거되지 않았고 검거되더라도 돈을 받을 수 있을지는 모르겠네요. 주변 지인들은 돈만 잃은 게 다행이라고 위로했어요. 그들이 마음만 먹었다면 납치까지 당할 수 있었겠다고 생각하니 정말 섬뜩하더라고요. 지금까지 살면서 제가 가진 직업에 만족하며 살았는데 이번 일로 인해 너무 후회가 되네요. 큰돈을 벌 꿈에 부풀어 사기를 당했지만 우리 주변에 이런 일이 흔하다고 하니 다들 조심하시기를 바랍니다.

빨간 불이
들어온 택시

때는 7년 전, 늦은 밤 급하게 본가로 내려가면서 이야기가 시작됩니다. 11시쯤 됐을 거예요. 잠을 자려고 누웠는데 전화 한 통이 걸려왔죠. 외삼촌에게 온 전화였는데 아버지가 위급하다는 소식이었습니다. 평소에 지병이 있어 관리하셨는데 갑작스럽게 위급하다는 전화를 받게 되니까 가슴이 내려앉는 기분이었죠. 저는 광주 물류 센터에서 일하고 있었는데 다음 날 배송 업무에 차질이 생기지 않게 회사에 급히 이야기하고서 늦은 밤 본가에 내려가게 됩니다.

본가는 순천 송광면으로 쉽게 설명하자면 논과 밭이 대부분인 시골이라고 생각하면 될 거예요. 호남고속도로를 타고 대략 한 시간 정도 걸리는 거리인데 아버지가 위급하다고 하셔서 평소보다 속도를 내서 이동 중이었습니다. 운전을 하던 도중 삼촌에게 전화가 또 왔어요. 병원에서 응급 처치를 하고 고비를 넘겼다고, 아버지는 주무시고 계시니까 병원으로 가지 말고 집으로 오라는 전화였죠. 그제야 긴장이 탁 풀렸어요.

삼촌과 통화를 종료하고 전화기를 내려놓는데 제차 옆으로 웬 차 한 대가 정말 빠르게 지나가는 겁니다. 그때 제가 시속 120킬로미터 정도 밟고 있었으니 그 차는 아마도 150킬로미터 이상이었을 거라고 추측됩니다. 그런데 좀 이상했던 점이 운전자가 술을 먹은 것처럼 차선을 이리저리 옮겨 다니더군요. 그 차와 가까이 붙으면 사고라도 나겠다 싶을 만큼 이상하게 운전했어요. 어두워서 잘 보이진 않았는데 자동차 위에 빨간색 불이 들어와 있었고 그 불이 꺼졌다 켜졌다 하면서 깜빡거리는 겁니다. 처음 그걸 봤을 때는 자동차를 튜닝했나 하는 생각이 들었는데 순간 머릿속에 떠오르는 게 있었죠. 뉴스에서 본 내용인데 택시에 달린 등이 빨간색으로 깜빡거리면 위험하다는 신호라고 했던 게 기억나더군요. 워낙 빠른 속도로 달리고 있어서 택시인지 아닌지 보이질 않았고 그 차는 눈앞에서 순식간에 사라졌습니다. 경찰에 신고하려고 해도 번호판을 모르고 택시인지 아니면 일반 승용차가 튜닝을 한 건지 알 수도 없는 부분이라 찜찜한 기분으로 집으로 향했죠.

주암톨게이트를 지나고 목적지에 다 왔을 때 시골길에 택시 한 대가 서 있는 겁니다. 택시를 보고 오싹한 느낌이 들었는데 그 택시 등이 빨간색으로 깜빡거리더라고요. 직감적으로 분명 뭔가 있다고 생각했고 그 자리에서 경찰에 신고했죠. 잠시 후 경찰이 도착해 택시를 확인했고요. 그런데 택시 안에는 아무도 없는 겁니다. 시동은 걸려있고 차 안에는 아무도 없는 상황이었어요. 저는 신고까지 했으니 더이상 여기 있을 이유가 없어서 집으로 갔죠. 삼촌에게 오면서 있었던 일을 이야기하니까 요즘 동네가 시끄럽다고 하더라고요. 며칠 전 장안리에 사는 할머니가 실종되셔서 경찰과 주민들이 마을 인근과 고동산 근처까지 찾았는데 아직 발견하지 못했다는 이야기를 해주셨어요. 그날 밤은 그렇게 잠이 들었죠.

　다음 날 오전, 아버지 병문안을 다녀오는데 어제 봤던 택시가 아직도 그 자리에 있더군요. 아버지 댁에 들어가서 조금 쉬다가 광주로 출발하려고 하는데 삼촌 친구분이 집으로 찾아오셨습니다. 어릴 때부터 봐왔던 분이라 인사를 드리고 어떻게 오셨냐고 물으니까 물어볼 게 있다고 하더라고요. 어젯밤이나 오늘 아침에 누가 찾아온 적 있냐고요. 저는 아무도 없었다고 있는 그대로 말씀드렸죠. 그런데 이상한 질문을 또 하시는 겁니다. 마을에 택시 한 대가 서 있던데 누가 경찰에 신고했냐고 묻더라고요. 그래서 어젯밤에 택시 빨간 등이 깜빡거리길래 제가 신고했다고 말하려는 찰나, 삼촌이 들어오셨죠. 삼촌 친구는 바빠서 먼저 가본다고 나가더군요. 그날 3시쯤 광주로 출발했고 이후에는 회사를 다니며 일상적인 생활을 했죠. 가끔 빨간색 등이 켜진 택시가 생각이 났지만 별일 아닐 거라 생각하며 잊고 지냈습니다.

그러다 두 달쯤 지나 충격적인 이야기를 듣게 되었죠. 삼촌에게 들은 이야기인데 택시 사건 범인이 잡혔다고 하더라고요. 그 범인은 바로 삼촌 친구였습니다. 삼촌 친구는 평소 술을 좋아했는데 광주에서 친구들과 술을 먹고 나서 택시를 타고 집으로 가고 있었다고 했죠. 삼촌 친구는 택시 기사와 시비가 붙었고 고속도로에서 택시 기사를 흉기로 위협했다고 합니다. 그 택시를 제가 고속도로에서 본 거였죠. 송광면으로 들어와서 택시는 정차했고 삼촌 친구가 한눈을 팔 때 택시 기사는 도망을 갔다고 합니다. 그래서 삼촌 친구가 다음 날 저희 집에 찾아와서 "누가 찾아온 적 없냐"고 물어본 거였죠. 어릴 때부터 봤던 사람이 그런 짓을 했다는 게 정말 소름이 끼치더라고요.

　더 충격적인 사실은 장안리에 살던 실종된 할머니도 삼촌 친구와 연관이 있을 거라고 말하는 겁니다. 그때 삼촌 친구가 집으로 찾아왔을 때 누가 신고했냐고 물어봤던 게 보복하려고 했던 것일지도 모른다고 생각하니까 섬뜩하더라고요. 다행히 택시 기사분은 무사하셨지만 실종된 할머니는 아직까지 소식이 없다고 합니다. 택시 등이 빨간색으로 깜빡거리는 걸 보신다면 기사분이 위험하다는 신호니까 꼭 신고해주시길 바랍니다.

어떤 예지몽

　방학을 맞아 집에서만 시간을 보내기 따분했던 저는 시간을 내서 경상도 지역을 여행하기로 했죠. 여행 코스는 통영에서 경주 그리고 대구 순서였고, 일주일에서 열흘 사이의 일정으로 계획을 짜고 출발했습니다.

　처음 2박 3일은 통영 지역에서, 다음 며칠은 경주 지역에서 시간을 보냈습니다. 그리고 마지막 일정으로 지인을 만나기 위해 대구로 넘어왔죠. 대구에 도착하여 짐을 풀고 쉬던 중 너무 피곤했던 터라 잠이 들게 되었습니다. 그리고 꿈을 꾸었는데 꿈에서 제가 지인을 만나기 위해 전철을 타고 이동하던 중이었습니다. 제가 타고 있던 자리와는 거리가 먼 자리에서 갑자기 비명 소리가 났어요. 사람들이 부산하게 다른 칸으로 이동하기 시작했고 그와 동시에 열차가 전부 폭발하면서 꿈에서 깨게 되었습니다.

처음에는 '뭐 이런 꿈이 다 있냐' 하면서 무시했지만 그러기에는 너무나도 생생한 꿈이었어요. 찜찜하다는 생각이 들어서 지인한테 "미안한데 다음에 보자"고 이야기해야겠다고 결심했죠. 무슨 꿈 때문에 약속을 미루냐는 소리가 나올 거 같아 다른 핑계를 댔어요.

"나 몸이 안 좋아서 그러는데 다음에 보자. 정말 미안하다."

그러고 나서 저는 인천으로 돌아오는 버스에 올라탔습니다. 잠시 후 집에 도착해서 뉴스를 보고 저는 기겁할 수밖에 없었습니다. 그날 뉴스에서는 대구 지하철

참사가 실시간으로 보도되고 있었기 때문입니다. 피해 상황과 함께 소방관분들이 사람을 구출하는 모습을 보면서 제가 만약 꿈을 무시하고 예정대로 일정을 소화했다면 저도 그 자리에 있었겠다는 생각이 들었습니다. 아무 말도 할 수 없었죠. 예지몽 같은 현상을 완전히 무시할 수 없다는 것을 느낀 경험이었습니다.

가만히
서 있는 여자

6년 전 일입니다. 지금은 다른 지역에서 일하고 있지만 그 당시 ××대학교 근처에서 돈가스집을 운영하고 있었습니다. 저 혼자 했던 건 아니고 중학교 때 친했던 친구와 동업을 한 거였죠. 저는 부산에 있는 중학교를 졸업하고 대전으로 이사를 가게 되었는데 이사 가기 전까지 정말 친했던 친구였습니다. 20대가 돼서 그 친구와 다시 연락하게 되었고 대학가에서 돈가스집을 같이 해보자고 제안한 거였죠.

솔직히 장사를 한다는 게 쉽지 않은 일이고 자신은 없었지만 친구에게 설득당해 시작하게 되었습니다. 가게 창업 비용도 그렇고 운영자금까지 친구가 부담했던 터라 말이 동업이지 현실은 직원으로 일하는 거였죠. 친구는 가게 근처 오피스텔에서 지내고 있었고 저는 자연스레 그곳에서 같이 살게 되었습니다. 친구도 이사 온 지가 얼마 되지 않아서 주변에 뭐가 있는지 잘 모르더군요. 그래서 그날 밤 친구와 산책도 하고 맥주도 마실 겸 오피스텔 주변에 나가봤습니다.

경비실이 없는 오피스텔이라 그런지 아니면 구석진 곳에 위치해서 그런 건지 보증금과 월세가 딴 곳보다 저렴했죠. 근처 10분 거리에 편의점과 일반 마트가 있었습니다. 그리고 오피스텔 주변으로는 등산로가 보였고 공사를 하다가 중단된 것처럼 보이는 빈 공터도 있었죠. 전체적으로 보면 으슥하고 무서운 분위기였습니다.

친구와 편의점에 들러 맥주를 사고 오피스텔로 향

하는데 오피스텔 입구에서 원피스를 입은 여자가 가만히 서 있는 겁니다. 그때 뭔가 등골이 서늘한 기분을 느꼈는데 아마 혼자였다면 오피스텔로 들어가지도 못했을 겁니다. 친구도 그 여자를 봤는지 제 손을 잡고는 아무 말도 안 하더군요.

오피스텔 입구가 점점 가까워지는데 원피스를 입은 여자는 미동도 없이 그 자리에 계속 서 있는 겁니다. 결국 그 여자를 지나쳤고 오피스텔 입구로 들어왔죠. 그리고 엘리베이터가 1층에 도착해서 문이 열리는데 정말 소름이 돋더군요. 엘리베이터 안쪽에 대형 거울이 하나 있었는데 그 거울에 그 여자가 쳐다보는 게 보이는 겁니다. 친구와 저는 급하게 문을 닫고 서둘러 집으로 들어왔어요. 오피스텔은 11층 건물이었고 친구 집은 5층이었는데 베란다를 통해 밖을 보니 그제야 그 여자는 다른 곳으로 걸어가더군요. 짧은 순간이었지만 친구와 저는 너무 무서워서 아무 말도 못 했습니다.

그리고 며칠이 지나 정말 섬뜩한 경험을 하게 되었

죠. 그날은 친구가 본가에 일이 있다고 해서 가게 마감을 부탁하고 먼저 퇴근했습니다. 본가에서 자고 온다고 하더군요. 둘이서 하던 일을 혼자 하다 보니 시간이 많이 지체되었고 가게 문을 닫은 시간은 저녁 11시가 조금 넘은 시간이었습니다. 택시를 타고 오피스텔 근처에서 내렸고 혼자서 맥주나 한잔할까 하고 편의점으로 향했죠.

맥주와 안줏거리를 사서는 오피스텔로 향하는데 멀리서 누가 서 있는 게 보이더군요. 거리가 가까워질수록 확연히 알 수 있었습니다. 며칠 전 친구와 봤던 원피스를 입은 여자였죠. 정말 소름 돋았던 게 며칠 전에 봤던 그 위치와 똑같은 위치에 서 있었고 역시나 미동도 없이 가만히 있었습니다. 너무 무서워서 친구에게 전화를 걸었고 친구는 집 들어갈 때까지 전화 끊지 말고 자연스레 행동하라고 하더군요. 그 여자와 점점 가까워졌고 천천히 그 여자를 지나쳐 오피스텔 입구 비밀번호를 누르는데 유리 거울로 그 여자가 보고 있는 게 느껴지더군요.

그때 무슨 용기였는지 모르겠는데 뒤를 돌아보며 말했습니다.

"저기요, 여기 사시는 분 아니죠? 뭘 보는 거예요?"

그러니까 그 여자는 아무 표정 없이 저를 계속 쳐다보더군요. 현관 입구가 열리고 들어가는데 갑자기 그 여자가 따라 들어오는 겁니다. 다행히 엘리베이터는 1층에 위치하고 있었고 빠른 걸음으로 탑승하고 '닫힘' 버튼을 미친 듯이 눌렀습니다. 그리고 친구에게 그 여자가 따라온다고 말하려는 순간, 닫히던 엘리베이터 문이 다시 열리는 거였죠. 문밖에는 그 여자가 서 있었고 너무 놀라서 휴대폰을 떨어뜨렸습니다.

충격으로 액정이 나간 건지 휴대폰은 먹통이 되어버렸고 그 여자는 엘리베이터에 탑승하더군요. 그러고는 층수를 누르지도 않고 가만히 서 있는 겁니다. 엘리베이터 문은 닫혔고 저는 5층을 눌렀죠. 단둘이 엘리베이터에 있는 것도 무서운데 유리 거울에 비친 그 여자 표정이 너무 섬뜩했습니다. 제가 본 기억으로는 미소를 짓는 표정이었는데 귀신보다 더 무섭다는 생각이 들었죠.

5층에 도착해서 문이 열렸고 빠른 걸음으로 현관으로 가서 비밀번호를 누르면서 뒤를 봤는데 그 여자가 엘리베이터에서 내려 저를 보고 있더군요. 선선한 가을 날씨였는데 식은땀이 날 정도로 무서웠습니다. 무사히 집으로 들어갔고 10분쯤 지나서 초인종이 울리더군요. 혹시 그 여자일까 싶어서 조심스레 인터폰을 봤는데 다행히 그 여자는 아니었어요. 문 앞에는 경찰관 두 분이 있더군요. 친구는 저와 통화가 끊어지자 걱정이 돼서 신고했다고 했죠. 경찰관에게 있었던 일을 이야기하고 무서웠던 그 날은 그렇게 마무리되었습니다.

며칠 후 자세한 내막을 알게 되었죠. 오피스텔 주변에서 원피스 입은 여자를 봤던 사람들이 꽤 있었나봐요. 신고가 여러 차례 들어왔었다고 하더군요. 1년 전부터 오피스텔 근처에 이상한 여자가 돌아다닌다는 연락을 받은 관리인 역시 경찰에 신고하거나 여러 가지 조치를 취해봤다고 합니다. 그래도 해결책이 보이지 않았고 관리인은 그 여자분 가족에게까지 연락했다고 하더군요.

여자분 사정은 이랬습니다. 교통사고로 한쪽 눈을 잃고 나서 정신이 이상해졌고 그 후로부터 여자들 눈만 보고 다닌다고 했죠. 그리고 그 여자와 눈이 마주치면 그때부터 따라다닌다고 합니다. 다른 곳도 많은데 오피스텔 근처만 맴도는 이유는 알 수 없다고 하더군요. 한 달 정도 지나 친구와 저는 다른 곳으로 이사를 하고 나서 별 탈 없이 잘 지냈죠. 너무 무서웠던 경험이지만 한편으로는 안타까운 생각도 들었습니다.

정말 가벼운
교통사고

지금부터 10년 전쯤 겪었던 실화입니다. 만약 중국 여행을 계획하고 계신 분들은 정말 조심하시길 바랄게요. 저는 30대 평범한 직장인입니다. 제가 20대 시절 중국에서 정말 무서운 일을 겪게 됐죠. 저는 고등학생 때부터 중국어를 공부하고 중국이란 나라에 관심을 가졌습니다. 최근에는 인식이 정말 안 좋아졌지만 10년 전에는 지금만큼은 아니었죠.

그 당시 저는 중국 연태시에 위치하는 루동 대학교로 유학가게 됩니다. 중국어교육학과가 있어 거기를 나온 후에 중국어 강사가 되는 게 목표였어요. 그렇게 중국에서 대학 생활을 하게 됐고 첫 방학을 맞게 됩니다. 학교 방학을 맞아 유학생 친구 수진이와 현지에 사는 중국인 웨이라는 친구, 이렇게 세 명이서 2박 3일 여행을 가게 됐죠. 여행지는 중국 신장이었는데 한반도의 몇 배가 되는 큰 지역입니다. 이곳은 전체적인 평균 소득도 낮은 편이기에 중국 내에서도 아주 가난한 지역으로 뽑히죠. 한국으로 따지면 시골스러운 분위기가 풍기는 곳이라고 볼 수 있습니다. 학생 신분에 돈이 없다기보다 사람이 북적북적거리는 도시를 떠나 인적이 드물고 한적한 곳을 찾고 싶어 결정하게 된 거죠.

목적지에 도착해 숙소를 잡았어요. 웨이가 운전을 해서 저와 수진이는 편하게 여행을 즐길 수 있었죠. 늦은 밤 여자 세 명이 숙소에서 한잔하고 있는데 갑자기 웨이가 무서운 이야기를 해준다는 겁니다. 그래서 뭐냐고 했더니 신장이란 지역에 대해 설명을 해주더군요. 신장은 지역마다 차이가 있지만 아직까지 전통문화가 남아 있어 사람들이 칼을 차고 다닌다고 했죠. 참고로 이곳 주민과 싸움이 나게 되면 정말 위험하다고 말을 하는 겁니다. 저는 깜짝 놀라면서 그 말이 사실이냐고 왜 이제서야 말해주냐고 하니까 웨이가 웃으면서 말했어요.

"여기는 외곽 지대가 아니라서 괜찮아. 안전한 곳만 다닐게. 걱정하지 마."

그 말을 듣고 섬뜩한 기분이 들긴 했지만 뭐 그때는 우리가 조심하면 별일 없을 거라고 생각하고 그날 밤을 즐겼습니다.

다음 날 저희는 경치 구경을 하면서 드라이브를 하고 있었죠. 끝없이 펼쳐진 도로와 양쪽으로 산이 둘러싸인 길이었는데 그 풍경이 아직도 기억에 생생하게 남아 있습니다. 한참 길을 달리다 차에 문제가 있는지 웨이가 멈추더라고요.

"하! 타이어에 펑크가 나버렸어."

저희는 어쩔 줄 몰라 하고 있으니까 웨이가 자기를 도와달라고 하더군요. 트렁크 안에 임시 타이어가 있는데 그걸 좀 꺼내 달라고 했고 수진이와 저는 타이어를 꺼내 웨이에게 건넸습니다. 이런 일이 처음은 아닌 듯 웨이는 능숙하게 타이어를 교체하고 나서 곧장 숙소가 있는 쪽으로 향했죠. 그게 임시 타이어라 계속 쓰진 못하고 빨리 교체를 해야 된다고 하더군요. 그렇게 숙소 근방의 카센터로 가서 타이어를 교체할 수 있었고 큰 사고 없이 일이 마무리 되게 천만다행이라고 생각했습니다.

타이어를 교체하고 웨이가 나오는데 뭔가 불만이 있는 표정이었어요. 이야기를 들으니까 말도 안 되는 수리비를 불러 주인과 다툼이 있었다는 내용이었죠. 웨이는 투덜대면서 숙소까지 운전을 했고 사건은 그날 밤에 터지게 되었습니다. 하루 종일 돌아다녔던 탓인지 너무 피곤해서 일찍 자려고 누웠는데 웨이가 말하더라고요.

"마지막 밤인데 그냥 잘 거야?"

저도 그냥 자기에는 뭔가 아쉽기도 해서 자리에서 일어났고 결국 세 명이서 술 파티를 하기로 했습니다. 저는 혼자 숙소에 남아 청소를 하기로 했고 수진이와 웨이는 밖으로 나가 술과 먹을거리를 사 온다고 했죠.

　그렇게 청소를 마무리하고 1시간 정도 지났을 때 전화가 한통 왔습니다. 그건 수진이 전화였는데 웨이가 사고가 나서 지금 병원이라고 울먹이면서 말을 하는 겁니다. 근처에 큰 병원이 없어 신장 지역에서 수도 역할을 하고 있는 우루무치까지 오게 됐다고 했죠. 너무 놀라서 어떻게 된 거냐고 물었더니 마트에서 장을 보고 나와 주차된 차로 걸어 가고 있는데 뒤에서 차가 튀어나와 사고가 났다고 합니다. 원래 둘 다 차에 치일뻔 했는데 웨이가 수진이를 밀어 웨이만 다치게 된 거죠. 좀 이상한 점은 수진이가 옆에서 봤을 때 웨이가 자동차 앞부분과 살짝 접촉한 것 같아 보였는데 사고를 냈던 운전자가 급하게 내리더니 웨이를 차에 태워 병원으로 향했다고 하더군요. 도착한 병원에서는 급히 응급수술을 해야 한다고 했고 웨이 어머니와 통화 후 수술실로 들어 갔다고 말했습니다.

수진이와 통화를 끝내고 짐을 싼 뒤 웨이가 있는 병원으로 향했습니다. 제가 도착할 때쯤 친구는 수술을 끝내고 누워 있었어요. 그날 밤은 그렇게 지나갔고 다음 날 아침 웨이 어머니는 담당 의사와 이야기를 나누고 나서 표정이 좋지 않으셨죠. 현재 웨이 상태가 위독하다고, 마음의 준비를 하라는 식으로 말을 했다고 합니다. 그 말을 듣고 웨이 어머니는 다른 큰 병원으로 옮겨 치료를 받게 해야겠다고 말했고 저희는 걱정스런 마음을 가지고 기숙사로 돌아갔죠. 그 후로 병문안을 갔지만 웨이는 깨어나지 못하는 상태였습니다.

그렇게 두 달이 지났을 무렵 기적이 일어났고 웨이는 기적적으로 의식을 찾고 회복했죠. 하지만 정말 믿기 힘든 사실을 알게 됩니다. 웨이가 퇴원을 하고 평소처럼 생활을 하고 있었는데 전과 다르게 몸이 점점 붓고 소변이 잘 나오지 않는다고 하더라고요. 처음에는 사고 후 유증이라고 생각했지만 웨이의 상태는 점점 심각해졌습니다.

결국 병원으로 찾아가 의사에게 물었더니 신장이 제 기능을 하지 못하는 거 같다고 하는 겁니다. 정밀 검사를 하던 도중 웨이는 충격적인 사실을 알게 됐죠. 그건 웨이의 몸에서 신장 1개가 사라진 것이었습니다. 너무 충격을 받아 수술을 받았던 우루무치에 있는 병원을 찾아가 물었더니 사고로 신장이 손상돼 떼어냈다고 해명했다고 했죠. 그걸 왜 이제서야 말하냐고, 떼어낸 신장을 당장 보여달라고 하니까 인체 부산물이라 이미 소각처리 됐을거라고 하더군요.

웨이는 수상함을 느껴 신고했고 조사 후 나온 결과는 너무 섬뜩 했죠. 공안 당국은 병원에서 환자 몰래 신장을 떼어 장기 밀매를 했을 가능성이 보인다고 하더군요. 그 이야기를 듣는데 너무 소름이 끼쳤어요. 아마도 교통사고를 낸 운전자와 병원 관계자는 같은 조직 같았고, 웨이가 사고를 당한 건 사고가 아니라 계획된 범죄였던 거죠.

수진이가 기억이 흐려 정확하진 않지만 사고를 냈던 운전자 얼굴이 처음 보는 얼굴이 아닌 것 같다는 생각이 들었다고 해요. 그래서 곰곰이 생각을 해봤는데 저희가 자동차 정비를 하러 들렀던 숙소 근처 타이어 가게 주인과 외모가 비슷한 것 같다고 말했죠. 결국 사고를 낸 운전자는 찾지 못했고 병원은 과실을 인정해 웨이는 신장을 이식받을 수 있도록 도움을 받게 되었습니다. 그 사건이 있고 나서 숙소 근처가 아니면 돌아다니지 않았죠.

시간이 흘러 학교를 졸업하고 한국으로 들어오게 됐고 그제야 안심이 되더군요. 가끔 웨이와 이메일을 주고받는데 현재는 건강하게 잘 지낸다고 합니다. 하지만 너무 무서웠던 경험이라 저는 두 번 다시 중국은 가지 못할 것 같네요.

괴들남 (김성덕)

유튜브에서 '괴담 들려주는 남자—괴들남' 채널을 운영하는 중이다. 구독자가 겪은 사연을 제보받아 영상으로 제작한다. 일상의 뒷면에는 우리가 모르던 소름 돋는 이야기가 숨어 있다. 많은 사람이 부정하지만 한 번이라도 경험하고 나면 인정할 수밖에 없는 이야기를 생생하게 전달하기 위해 오늘도 노력한다.

————————

괴들남의 현실공포
❷ 택시에서 사라진 손님

초판 1쇄 발행 • 2023년 4월 30일

지은이 • 괴들남(김성덕)
펴낸이 • 김동하

펴낸곳 • 부커
출판신고 • 2015년 1월 14일 제2016-000120호
주소 • (10881) 경기도 파주시 회동길 445 402호
문의 • (070) 7853-8600
팩스 • (02) 6020-8601
이메일 • books-garden1@naver.com
인스타그램 • www.instagram.com/thebooks.garden

ISBN 979-11-6416-151-5 (00810)